아직도 같이 삽니다

김응

이름처럼 평등하고 조화롭고 긍정적인 세상을 꿈꾸며 동시를 씁니다. 그동안 동시집 《개떡 똥떡》, 《똥개가 잘 사는 법》, 《둘이라서 좋아》, 한글 역사책 《역사를 빛낸 한글 28대 사건》, 《한글 대표 선수 10+9》, 손편지 책 《걱정 먹는 우체통》, 《걱정 먹는 도서관》을 냈습니다.

김유

놀이처럼 동화를 쓰고 가끔은 돌멩이나 천에 그림 낙서를 합니다. 그동안 동화책 《내 이름은 구구 스니커즈》, 《겁보 만보》, 《라면 먹는 개》, 《읽거나 말거나 마음대로 도서관》, 《안읽어 씨 가족과 책 요리점》, 《대단한 콧구멍》, 《친구가 안 되는 99가지 방법》, 손편지 책 《걱정 먹는 우체통》, 《걱정 먹는 도서관》을 냈습니다.

아직도 같이 삽니다

김웅·김유 에세이

웃는돌고래

김응

언니

호랑이띠

동생바보

수다쟁이

바가지머리

시인

쫄보

올 → 꼴드미스

유지비용 → 물력거꾼
물력거

인간 옷걸이

머리 어깨 등
무엇이든
척척 걸치고 다님

김유

동생

양띠

언니바보

먹신

비비머리

동화작가

겁보

허당

당첨왕
돈까스부터 아파트까지

낙서쟁이
동생이 나무토막 천
어디에든 끄적거림

6

이 책은 나와 언니의 이야기입니다.
동화를 쓰는 나는 짧은 글에 그림 낙서를 더했고
시를 쓰는 언니는 긴 글을 풀어놓았습니다.
그러면서 우리는 다시 어린 시절로 돌아갔습니다.

닮은 점보단 다른 점이 더 많은 우리 자매는
엄마 아빠가 떠난 열두 살 일곱 살 때부터 지금까지
함께 울고 함께 웃고 함께 먹고 함께 놀고 있습니다.
우리의 이야기는 특별하지도 대단하지도 않습니다.
살아온 이야기고 살아가는 이야기고 살아갈 이야기입니다.
그저 바람이 있다면 우리의 소소한 이야기들이
낮고 어두운 곳까지 가닿아 작은 빛이 되면 좋겠습니다.
외롭고 슬픈 누군가에게 작은 힘이 되면 좋겠습니다.
그래서 조금 쑥스럽지만 용기를 내어
이 작은 책을 세상에 내놓습니다.

작은 집에서
동생 김유

머리카락 굵기도 다르고
눈 모양도 다르고
콧구멍 크기도 다르고
다리 길이도 다르고
발가락 생김새도 다르지만
우리는 자매다.
한지붕 아래 살면서도
가끔 딴마음이 되지만
우리는 진짜 자매다.

　　　　　오늘도 동생이랑 손을 잡고 걷는다.

어린 내가 더 어린 동생을 데리고 다닐 때 서로 잃지 않으려고 손을 꼭 붙잡고 다녔다. 그 버릇이 마흔을 훌쩍 넘긴 지금까지 이어져 잘 고쳐지지 않는다. 그러다 보니 종종 곤란한 눈총을 받을 때가 있다. 옆집 어르신도, 윗집 부부도, 가게 아주머니들도, 얼마 전 만난 사람들도 우리를 살피며 조심스레 묻는다.

"무슨 사이예요?"

"자매예요."

그래도 사람들은 또 묻는다.

"진짜 자매예요?"

그러면 우리는 웃으며 한마디씩 말한다.

"그럼요, 진짜 자매예요."

"저는 언니고, 이 친구는 동생이고요."

그제야 사람들은 속을 털어놓는다.

"아, 혹시나 했네."

혹시나? 사람들 눈에는 우리가 연인처럼, 부부처럼 보였던 걸까. 그래서 자매라고 해도 잘 믿지 않았던 걸까. 하기야 나이 먹어서도 뭐든 함께하고 꼭 붙어 다니니 그렇게 보일 수도 있겠지. 그 순간 나는 나이 먹은 자매끼리 사는 게 특별하다는 걸 깨닫는다. 그래도 나랑 동생 관계를 의심받을 때면 헛웃음도 나고 억울하기도 하다. 성소수자를 존중하지만 나는 그저 동생을 별나게 사랑하는 '극소수자'일 뿐이니까.

성소수자도 극소수자도 이 세상을 함께 살아가는 사람들이다. 알고 보면 모두 사정이 있고 사연이 있다. 그러니 나랑 다르다고 색안경을 끼고 보기보다 한 번이라도 그들의 이야기에 귀를 기울이면 좋겠다.

1979년 5월 5일 어린이날
하늘이 점지해준 인연이 있다.
아빠는 그토록 아들을 바랐는데
우리 집에 또 딸이 태어난 것이다.
그렇게 나는 막내딸로 태어나서
응 언니의 하나밖에 없는 동생이 되었다.
저녁상에서 아빠는 소주잔을 기울였고
셋째 언니는 가라앉은 분위기를 바꾸려고
애기 남 줘버리자는 말을 했다고 한다.
그러자 여섯 살 난 응 언니가
눈물을 뚝뚝 흘리며
"애기 남 주지 말아요." 했다는데
그래놓고 자꾸 하늘의 뜻을 거스르려고 한다.
내가 조금이라도 잘못하면 도끼눈으로 소리친다.
"당장 꺼져버려!"

요즘 같은 세상에 검은 머리 파뿌리 될 때까지 영원히 사랑하며 살아갈 자신이 있는 사람이 몇이나 될까? 결혼을 잘 하지 않는 세상, 이혼이 두렵지 않은 세상, 누군가와 함께 사는 것조차 쉽지 않아 혼밥, 혼술이 유행처럼 번져가는 혼족 세상. 나는 그런 세상에서 나와 가장 비슷한 동생이랑 함께 살아간다. 종종 '천생연분'이라는 말까지 들으면서.

외모는 다르지만 하는 일도, 좋아하는 것도 닮은 우리는 먹고 싶은 것도 한목소리로 외치고 사람들 이야기에 똑같이 맞장구를 치기도 한다. 그런데 우리 집에는 나와 동생은 명함도 내밀 수 없는 진짜 천생연분이 있었다. 바로 우리를 낳아주신 부모님이다.

엄마 아빠는 1938년 봄날 한 달여 차이로 태어난 호랑이띠 동갑내기다. 스물여덟 무렵 부부의 연을 맺고 가난해도 딸 다섯을 낳으며 잘 먹고 잘 살았다. 비가 오나 눈이 오나 하루 벌어 하루를 살아야 하는 형편이었지만 밥상에 둘러앉으면 웃음이 떠나지 않았다.

아빠는 아주아주 가난한 집에서 태어난 남자였다. 시대가 시대인 만큼 대대로 내려온 가난은 뼈가 빠지게

일해도 벗어나기 힘들었다. 엄마는 먹고살 만한 집에서 태어났지만 아주아주 착해빠진 여자였다. 외할머니가 일찍 돌아가시는 바람에 집안 살림을 맡아 했고 처녀 시절 홀로된 큰오빠의 아이들, 그러니까 조카 둘을 업어 키우다 시집갈 나이도 놓쳤다. 그러다 아빠를 중매로 만나 첫눈에 반했다고 한다. 아빠는 엄마가 살림 솜씨 좋고 키가 큰 게 마음에 들어서, 엄마는 아빠가 잘생기고 남자다운 게 마음에 들어서 그렇게 결혼까지 하게 된 것이다. 그런 엄마와 아빠를 두고 이모들은 "천생연분이 따로 없네."라는 말을 자주 했다. 지금 생각해보면 가난한 남자를 만나 평생 고생하며 사는 동생이 짠해서 했던 말인 것 같다.

하지만 엄마 아빠는 1985년 나이 마흔아홉 살에 천생연분이란 이런 것이라고 보여주기라도 하듯 석 달 차이로 세상을 떠났다.

내가 초등학교 4학년 무렵이었다. 병원에 다녀온 엄마가 땅을 치며 울었다. 그 뒤 아빠는 엄마를 살려보겠다며 좋다는 약이랑 음식은 다 구해다 달이고 고았다. 언제나 집 안에는 약초 냄새가 가득했다.

천생연분인데 지극정성을 다하면 하늘이 어찌 감동을 하지 않겠는가. 엄마의 병세는 눈에 띄게 좋아졌다. 밥도 잘 먹었고 얼굴빛도 밝았다. 하지만 좋은 일이 생기면 안 좋은 일이 따르는 법인지 어느 날 갑자기 아빠가 주저앉고 말았다. 아빠의 병명은 엄마의 병명과 같았다. 아빠는 하루가 다르게 쇠약해지고 더 이상 손을 쓸 방법이 없게 되었다.

새벽녘 밥을 짓고 나란히 잠든 딸들을 보며 눈물을 글썽이던 아빠의 모습이 아직도 잊히지 않는다. 병든 아내를 두고 혼자 바깥일이며 살림이며 병간호까지 하면서 얼마나 가슴앓이를 했을까. 그렇다 해도(아무리 천생연분이라 해도) 병까지 같을 일이 뭐가 있단 말인가. 끝내 아빠는 눈도 못 감은 채 먼저 세상을 떠났다.

천생연분 짝을 잃은 엄마는 어떤 날은 물먹은 솜처럼 축 처지고 또 어떤 날은 쇠꼬챙이처럼 날카로워졌다. 아빠가 있을 때보다 살고 싶다는 말을 더 자주 했다. 하지만 하늘은 엄마의 고통을 덜어주고 싶었는지 아빠가 떠난 지 석 달이 되던 날 밤에 엄마를 데려갔다. 엄마는 고아로 남을 딸들 때문에 발걸음이 떨어지지 않아 눈동

자가 다 풀렸는데도 쉽게 떠나지 못했다. 주변 어른들이 그런 엄마를 보며 "이제 편히 가도 돼요. 걱정 말아요." 했던 소리가 여전히 귓가에서 윙윙거린다.

엄마 아빠한테도 다음 생애가 있다면, 그저 하늘이 삶과 죽음을 맺어준 천생연분이 아니라, 남들 걱정하지 않고 자식도 많이 낳지 말고 두 분만 잘 먹고 잘 사는 그런 천생연분으로 살아가길, 그래서 백수 천수까지 누리며 오래오래 사시길 간절히 바란다.

우리 집에는 식구 수보다 우산 수가 적었다.

방에 누워 있어야 하는 아픈 엄마와

혼자 집을 지켜야 하는 나는

우산을 쓸 일이 없었다.

그래도 비가 오면 괜히 나가서 놀고 싶었다.

나는 언니가 학교에서 돌아올 때쯤

집 앞에 쭈그리고 앉아 언니를 기다렸다.

그럼 저 앞에서 찢어진 우산을 쓴 언니가

커다란 가방을 메고 성큼성큼 달려왔다.

파워레인저보다 멋지고 씩씩한 언니.

우리는 엄마가 잠든 사이 한 우산을 쓰고

굴다리 점순이네에 가서 해질 무렵까지 놀았다.

점순이네 삐거덕 침대는 방방이보다 재미있었다.

파워레인저. 이건 순전히 동생이 생각하는 언니의 모습이다.

나는 늘 약골이었다. 몸살이라도 한번 앓으면 삼사 일을 물 한 모금, 밥 한 숟가락 제대로 입에 대지 못했다. 체육 시간, 조회 시간이면 교실이나 나무 그늘 아래 앉아 있기 일쑤였다. 멀미가 심해 초등학교 내내 소풍 한 번 가보지 못했다.

살림이 넉넉하지는 않았지만 아빠가 과일 장사를 해서 끼니 걱정은 하지 않았다. 그런데 엄마에 이어 아빠까지 아프고 난 뒤에는 쌀을 살 돈마저 부족했다. 어느 날 생활보호대상자가 되어 동사무소에서 정부미를 받기도 하고, 우리 집 형편을 들은 이웃들이 누룽지를 모아 자루로 건네면 그걸로 한동안 끼니를 때우기도 했다.

한번은 동사무소로 쌀을 받으러 가야 하는데, 집에는 아픈 엄마뿐이었다. 그때 나는 혹시나 늦게 가면 쌀이 떨어져 못 받을까 싶어 어떻게 해서든 쌀자루를 메고 지고 안고 왔다. 또래보다 몸이 가냘픈데도 20킬로그램이 넘는 쌀자루를 어떻게 가져왔는지. 아무래도 초인적인 힘이 나오지 않았나 싶다. 그리고 아마 그때 그런 나의 모습을 동생이 보지 않았을까 싶다. 그래서일까. 동생은 엄마가 아픈 뒤로 언제나 집 앞에서 학교 간 나를 기다렸다. 내가 학교에서 집으로 돌아오면 일곱 살 동생은 대문 앞에 쭈그리고 앉아 있을 때가 많았다. 나뭇가지로 땅바닥에 무언가를 끄적이기도 하고 혼자서 중얼거리며 놀기도 했다. 나는 그런 동생을 데리고 소꿉놀이도 하고 친구네 집도 놀러갔다.

그러던 어느 날 청소 당번이라 학교에서 조금 늦게 집으로 간 적이 있었다. 모퉁이를 돌아 언덕길에서 내려오는데 동생이 지나는 아이들을 붙잡고 묻는 게 보였다.

"우리 언니는 언제 와?"

"몰라."

아이들은 동생의 말에 시큰둥하게 답하고 가던 길을 갔다. 그도 그럴 것이 우리 학교 아이들이 모두 다 나를 아는 것은 아닐 테니까.

어쩌면 동생은 그 시절 나를 파워레인저로 생각했을지 모른다. 위기에 빠진 동생을 구하러 오는 언니. 그런 영웅을 누구든 모를 리 없다고 생각했으려나.

나는 말괄량이 삐삐를 좋아한다.

어른보다 힘이 센 아이.

마음먹으면 무엇이든 하는 아이.

알사탕을 수레 가득 살 수 있는 아이.

나도 삐삐가 되고 싶었다.

뽀보

엄마는 아빠가 떠난 뒤 머리빗 들 힘마저
없었나 보다. 하루가 다르게 한 움큼씩 빠지는 당신의
머리카락은 빗을 필요도 없었겠지만, 늘 하루도 안 빼
놓고 빗겨주었던 막내의 머리카락을 빗기지 못할 때가
오고 말았다.

어린 시절 언니들은 단발머리로, 나는 바가지머리로
잘랐는데 동생만큼은 머리카락을 허리까지 길게 늘어
뜨렸다. 엄마는 몸이 아파도 막내의 머리카락은 절대
자르지 않았다. 언제나 손수 머리카락을 빗기고 촘촘히
땋아주거나 머리카락 한 올 빠지지 않게 잡아당겨 묶어
주었다. 마치 살기 위해 놓으면 안 될 지푸라기를 잡는
심정으로 동생의 머리카락을 붙들었던 것 같다.

엄마가 그 지푸라기를 놓아버린 뒤 나는 엄마 대신
동생의 머리카락을 묶어주었다. 바가지머리였던 나는
동생의 긴 머리를 빗겨주고 묶어주는 게 좋았다. 엄마
처럼 촘촘하고 단단하게 묶어주지는 못했지만 재미난
머리 모양으로 묶어주었다. 그 무렵 우리는 텔레비전
프로그램 중에 〈말괄량이 삐삐〉를 무척이나 좋아했다.
엄마 아빠 없이 혼자 살아도 용감무쌍하고 뭐든지 해낼

수 있는 삐삐, 잘못하는 어른한테도 당당히 바른말을
할 줄 아는 삐삐를 보며 대리만족을 했다.

하루는 동생 머리를 묶는데 집에 있는 형광 신발 끈
이 눈에 띄었다. 나는 동생 머리카락을 삐삐처럼 두 갈
래로 땋은 다음 신발 끈으로 돌돌 묶었다. 그렇게 동생
머리를 삐삐머리로 만들며 동생이 삐삐처럼 씩씩하고
용감하게 살아가기를 바랐나 보다.

우리는 자주 연탄불을 꺼뜨렸다.

학교에서 오자마자 아궁이부터 살폈고

가방을 멘 채 연탄불을 갈았는데도

연탄은 타지도 않고 꺼지는 날이 많았다.

불꽃이 살아 있는 연탄을 아래 넣어주면

꺼진 연탄을 다시 살릴 수 있었지만

우리 곁에는 뜨거운 연탄을 내어줄 이웃이 없었다.

꽁꽁 언 손을 녹여줄 품이 없었다.

저녁 어스름 사이로 걸어오는 아빠의 손에는 가끔 고등어 한 손이 들려 있었다. 전라도 광산이 고향이지만 젊은 시절 제주도에서 막일을 하며 먹고살 때부터였을까. 아빠는 유독 기름지고 비린 맛을 좋아했다. 아빠가 고등어를 사온 날에는 아빠의 몸짓도 우리의 마음도 엄마의 손도 부산했다. 아빠는 꼭 연탄불에 석쇠를 놓고 손수 고등어를 구웠다. 연탄불에 구운 고등어 한 손은 저녁상을 따뜻하고 풍요롭게 해주었다. 찬바람이 불면 아빠는 배추 이삼백 포기에 무 수십 단을 절여 김장을 하고 광에 연탄을 수백 장 쟁여놓았다. 월동 준비는 아빠의 몫인 듯 밤이고 새벽이고 일어나 절여놓은 배추가 얼까, 비나 눈이 오는 날이면 연탄이 젖을까 살폈다.

자신의 몸을 태워 식구들을 하나로 모으고 다독이는 연탄불. 저녁이면 고등어를 굽고 밤새 아랫목을 데워주던 연탄불. 아빠가 살아 계시는 동안에는 좀처럼 연탄불이 꺼지는 날이 없었다.

엄마를 화장하고 온 날, 방 안은 차갑고 어두웠다. 마당 가득 메웠던 친척들도 이웃들도 집으로 돌아가고 딸 다섯만 뎅그러니 남았다. 삼일장을 치르는 내내 정신없이 울부짖은 탓인지 우리는 눈물도 이야기도 말라버렸다.

연탄불마저 꺼져 장롱에 있는 이불들을 죄다 꺼내 깔고 덮고 솜잠바를 입었다. 그리고 나란히 누웠다. 잠이 오지 않았다. 솜잠바 속으로 몸을 더 움츠려도 추위는 가시지 않았다. 우리는 서로서로 꼭 껴안았다. 그날 밤 우리가 할 수 있는 건 그게 전부였다.

그 방에서 그해 겨울을 보냈다. 언니들이 직장이며 학교에 간 사이 나는 엄마가 마지막으로 담가놓은 김장 김치를 독에서 꺼내 자르고 언 손으로 쌀을 씻어 안쳤다. 다시는 연탄불을 꺼뜨리지 않으려고 아빠가 그랬듯 불구멍을 자주 들여다보았다.

해가 지기 전에 형광등을 켜고 연탄불을 피우고 아무리 따순 밥을 지어 먹어도 그 방은 추웠다. 엄마 아빠가 마지막으로 누워 있던 자리가 머릿속에서 지워지지 않았다. 그때 그곳에는 나와 동생뿐이었다.

동네 스타

하루아침에 고아가 된 우리는 동네에서 유명했다.
우리를 후원하겠다는 사장님도 있고
신문사에서 취재를 나오는 일도 있었다.
그렇게 동네 스타가 되었는데
짓궂은 아이들은 동네 스타를 보며
꽃 대신 돌멩이를 던졌다.

1986년 무렵 《서울신문》 사회면에 나랑 동생 이야기가 실렸다. 신문사에서 취재차 집을 방문했고 우리의 모습을 찍어 갔다. 갑자기 부모님이 돌아가셔서 소녀가장이 된 사연과 당시 아동복 회사 사장님의 후원을 받게 되었다는 내용이었다. 달가운 일은 아니었지만 신문에까지 나왔으니 우리는 동네 스타가 되고 말았다.

그 뒤 어린 동생은 스타 대접은커녕 오히려 왕따가 되었다. 동생이 말하지 않아 나중에 알게 된 사실이지만 어떤 아이들은 돌멩이까지 던지며 동생을 놀렸다고 한다. 어른들은 나랑 동생을 볼 때면 불쌍하다는 듯 혀를 차기도 하고 한숨을 내쉬기도 했다.

큰언니는 고등학교를 막 졸업한 나이로 무역 회사를 다녔는데 야근이 많았고, 둘째 언니는 대학 입시를 앞둔 터라 새벽에 나가 밤늦게까지 공부를 했고, 셋째 언니는 공장 기숙사에서 자고 오는 날이 많았다. 형편이 그러니 우리는 언니들이 없는 저녁을 보내야 했다.

동네 통장 아주머니가 소녀가장과 후원자 사이에 다리 역할을 하면서 우리는 아주머니를 따라 후원 행사에 다녔다. 그렇게 여기저기를 다녔지만 무엇을 어떻게 후원받았는지는 기억나지 않는다.

이십칠 년이 지난 뒤 동생은 그 당시 이야기를 동화로 써서 첫 책 《내 이름은 구구 스니커즈》를 냈고, 고아 소년 구구 이야기는 여러 신문에 소개가 되었다. 그때 우리의 기분은 어릴 적 신문에 났을 때와 천지 차이였다.

그 시절 우리는 섣부른 후원과 동정보다 우리의 이야기를 가만히 들어주고 고개를 끄덕이고 손을 잡아주는 어른이 필요했다. 《내 이름은 구구 스니커즈》에 나오는 키다리 아저씨가 그랬듯이. 구구의 친구들이 그랬듯이.

내가 처음 소고기를 맛본 건
설날에 후원자 사장님 집에서였다.
자매결연을 맺고 언니들이랑 세배를 하러 갔는데
식탁 위에 소고기떡국과 소불고기가 놓여 있었다.
하지만 나는 눈치만 보느라 제대로 먹지 못했다.

어른이 된 지금도 나는 미역국이나 무국에
소고기가 잔뜩 들어간 걸 좋아한다.
명절이나 생일 때는
언니가 소갈비찜을 해주길 기대한다.
언니가 눈치 없이 떡국에 해물을 넣는다거나
소갈비찜을 돼지갈비찜이나 닭찜으로 바꾸면
몹시 서운하고 힘이 쭉 빠진다.

집에 어른이 없으니 어른 손님이 오는 날이 없었다.

엄마 아빠가 살아 계실 때는 언제나 집 안이 떠들썩했다. 사람을 좋아하는 아빠는 집에서 판을 벌이는 걸 좋아했고, 손이 큰 엄마는 음식을 해서 나누는 걸 좋아했다. 명절에는 일주일도 더 두고 먹을 만큼 떡이니 전을 해서 이웃들이며 친척들을 불러 모았다. 더우면 더운 대로 수박에 얼음이라도 띄웠고, 추우면 추운 대로 방에 상을 차려놓고 아랫목으로 친구들을 불렀다. 흥이 나면 젓가락도 두드리고 노랫가락도 이어졌다. 그런 덕분인지 엄마 아빠 가시는 날에는 외롭지 않을 만큼 집 안에 사람이 많았고 곡소리가 났고 음식 냄새가 풍겼다. 하지만 딱 거기까지였다. 친척들도 사는 게 다 고만고만하거나 멀리 떨어져 있었고, 이웃들도 하나둘 떠나갔다.

나는 동생을 데리고 통장집에서 한낮을 보내는 날이 많았다. 우리 집보다는 동네에서 가장 시끌벅적한 그 집이 좋았다. 나중에 들은 이야기지만 아빠가 떠나고 엄마마저 가신 뒤에 통장 아주머니는 우리를 챙긴다며 친척들이고 이웃들이고 가까이하지 못하게 했다고 한다.

아주머니의 속내를 다 알 수는 없지만 그 시절 누구나 그렇듯 아주머니도 먹고사는 게 급급했던 것 같다. 남편이 있었지만 벌이도 생활도 시원찮아서인지 남편을 대신해 앞장서는 일이 많았다. 억척스러운 만큼 발이 넓고 동네방네 일들에 다 손을 댔다. 시댁에서나 친정에서나 첫째 자리다 보니 동생들 챙기는 일도 아주머니 몫이었다. 그러니 억척이가 되지 않으면 살아갈 수 없었을 것이다.

우리는 통장집에서 잔심부름도 하고 살림도 거들었다. 무엇보다 그 집에 가면 사람 구경을 할 수 있어서 좋았다. 통장집에는 하루에도 수십 명의 손님이 드나들었다. 동네 아주머니들도 한낮에는 일없이 와서 밥도 한술 먹고 이야기도 풀어놓고 갔다.

그러던 어느 날 우리 집에도 손님이 찾아왔다. 언니가 없는 시간에 둘째 언니 담임선생님이 가정방문차 오신 것이다. 나이가 적지도 많지도 않은 남자 선생님이었는데 키가 크고 잘생겨 보였다. 정말 오랜만에 우리 집을 찾은 손님이라 더 멋져 보였는지도 모른다.

언니 담임선생님은 우리 집에 들렀다 우리를 돌봐주는 통장집까지 찾았다. 그리고 통장 아주머니한테 신문지에 둘둘 싼 소고기 뭉치를 건넸다.

"아이들이 한 끼씩 먹기 좋게 라면 봉지에 나눠서 담아 달라 했어요."

선생님의 말에 아주머니는 잘 챙기고 있으니 걱정 말라는 이야기를 연거푸 했다.

우리는 소고기국을 먹을 생각에 마음이 부풀었다. 그런데 어찌된 일인지 선생님이 가고 나서는 소고기 봉지조차 구경하지 못했다. 사라진 소고기는 아쉬웠지만 자상한 선생님의 모습은 우리 마음속에 깊이 남았다.

언니가 끓이고 볶고 무치느라 바쁠 때면
나도 가만히 있을 수 없다.
한소끔 끓은 찌개에 대파라도 넣으려고 하면
"어어, 내가 할게. 가만히 있어."
달군 팬에 기름이라도 두르려고 하면
"어어, 내가 할게. 가만히 있어."
고작 내가 할 수 있는 것은
양념 뚜껑을 여는 일.
하여튼 재미있는 건
언니 혼자 다 한다!

양념 뚜껑

예닐곱 살쯤 되었을까. 나는 엄마가 부엌에서 밥을 짓고 찬을 만들면 누가 시키지 않아도 그 옆에 오도카니 앉아 양념 뚜껑을 열어주는 아이였다. 엄마는 무뚝뚝한 편이었는데, 나의 그런 곰살맞은 짓이 좋아서인지 나를 많이 안아주었다.

엄마가 돌아가신 뒤에 동생이랑 밥을 해먹을 수 있었던 건 순전히 양념 뚜껑을 열던 시간들 덕분이다. 양념 뚜껑을 열 때도 감각이라는 게 필요하다. 이를테면 콩나물을 무칠 때 고춧가루통과 소금통, 그다음에 참기름병 차례가 되고, 엄마가 간을 보다 고개를 갸웃하면 소금통이나 설탕통을 집어 들어야 한다. 그리고 전라도 음식의 화룡점정인 참깨통이 마지막을 장식할 수 있게 한다.

엄마가 음식을 할 때마다 곁에서 다듬고 조리하는 과정을 눈여겨보았다. 양념 뚜껑을 열면서 얼마큼 양념을 치는지 눈짐작으로 익혔다. 그러니 열두 살 조막손으로도 콩나물무침이며 오이무침, 가지무침 같은 웬만한 반찬은 문제없었다.

엄마가 떠난 자리에서 나는 수없이 많은 시간 동안

밥상을 차렸다. 그 옆에는 언제나 귀여운 동생이 있었다. 어린 내가 그랬듯 동생은 말하지 않아도 재까닥 양념 뚜껑을 열어주었다.

어느 날 바깥일을 보고 늦게 왔더니 동생이 나를 위해 저녁상을 차려놓았다. 나는 밥상을 보고 깜짝 놀랐다. 평소 내가 집에 있을 때는 동생한테 밥상 차리는 일을 시키지 않는다. 동생이 청소며 빨래를 도맡아하니 역할 분담이 잘 되어 있기도 하지만 어릴 때부터 내가 음식을 해서 그게 더 익숙하기 때문이다.

바쁜 탓에 며칠 장을 보지 못해 냉장고에 식재료가 마땅치 않았다. 그런데도 동생은 돼지불고기며 호박전이며 열무된장무침까지 이것저것 맛깔스럽게 차려냈다. 음식을 많이 해보지 않았는데 간도 잘 맞아 맛있는데다 돼지불고기 옆에 치커리를 다소곳이 올려놓은 거나 호박전을 부쳐 접시에 내놓은 모양새가 어찌나 예쁜지 감탄이 절로 나왔다. 열두 살 어린 언니가 음식을 할 때부터 일곱 살 어린 동생이 있었다는 것을 새삼 느끼는 저녁이었다.

어른 없는 밥상

큰 소리로 떠들어도 돼.
느릿느릿 먹어도 돼.
노래 불러도 돼.
한눈팔아도 돼.
숟가락 들고 돌아다녀도 돼.

어른 없는 밥상에서
어린 우리는 무엇이든 마음대로 했다.

어른 없는 밥상

어른 없는 집에는 어른 없는 밥상이 차려지기 마련이다. 엄마 아빠 있을 때 쓰던 밥상은 어디로 갔는지 어느 순간 우리는 방바닥에 아무렇게나 펼쳐놓고 밥을 먹었다. 나랑 동생이랑 단둘이 먹을 때가 많았으니 일곱 식구가 둘러앉아 먹던 밥상은 괜스레 빈자리만 크게 느껴져 펼칠 생각조차 하지 않았던 걸까. 반찬 가짓수도 하나둘 줄어 말이 좋아 한그릇 음식이지 밥이며 반찬을 대충 넣고 볶아 먹거나 비벼 먹는 날이 많았다.

나는 어릴 때부터 나물이며 채소를 좋아했지만 어린 동생 입맛에는 영 맛없는 찬이었다. 동생이 밥투정을 할 때면 집 앞·구멍가게에서 오십 원짜리 소세지를 사다 손톱 크기로 토막토막 잘라 고추장 한 숟가락을 넣고 밥을 볶아주었다. 고추장이나 김치만 넣고 볶는 것보다 가느다란 소세지 한 줄 넣었다고 볶음밥에 꿀을 넣은 듯 달게 느껴졌다.

그렇게 한그릇 음식을 즐기다 보니 젓가락을 쓸 일이 별로 없었다. 그저 밥통째 냄비째 프라이팬째 놓고 밥을 퍼먹었다. 그러다 고등학교를 졸업하고 직장 생활을 하면서 내 모습이 보이기 시작했다.

직장 선배 언니들도 대부분 열 살은 많았고 상사들도 삼촌, 아버지뻘은 되었다. 그분들과 음식점 밥상에 둘러앉을 때면 긴장부터 했다. 젓가락질이 서툴러 반찬을 집는 폼이 옹색했고, 마구 비벼 퍼먹는 버릇 때문에 밥 한 숟가락, 반찬 한 젓가락을 집어 먹는 게 어색하기 짝이 없었다. 그런 나를 보면서 젓가락질을 가르쳐주는 분도 있었고, 천천히 골고루 먹으라며 챙겨주는 분도 있었다.

어른 있는 밥상에 앉은 불편함이 나쁘지 않았다. 음식이란 단순히 배를 채우기 위해 먹는 것인 줄만 알았는데 느끼는 것 즐기는 것 나누는 것이란 걸 알아가는 시간들이었다.

'장화 신은 고양이'를 만난 날에는
장화 신은 토끼, 장화 신은 강아지, 장화 신은 코끼리……
수많은 장화 신은 동물들 이야기를 만들었다.

'개미와 베짱이'를 만난 날에는
언니는 베짱이가 되고 나는 개미가 되었다.

'해와 달이 된 오누이'를 만난 날에는
언니는 엄마가 되었다 다시 언니가 되었고
나는 호랑이가 되었다 다시 동생이 되었다.
그리고 해와 달이 된 오누이처럼 엄마를 기다렸다.

서울 사대문 한복판에 살았지만 1980년대 언덕바지 달동네에 사는 어린이들한테 책은 참 귀한 물건이었다. 지금처럼 동네마다 도서관이 있는 것도 아니고 책을 살 돈이 있는 것도 아니었다. 학교에도 손때 묻은 위인전이나 이솝우화나 옛이야기 책뿐이었고, 그마저도 빌려다 집에서 볼 수는 없었다.

우리 집에는 엄마 아빠가 남겨준 성경과 언니가 졸업식 날 개근상 선물로 받은 국어사전이 고작이었다. 깨알 같은 글씨가 빼곡하게 박힌 성경을 가끔 펼쳐보긴 했지만 어린 눈에는 예수그리스도가 고난과 시련을 겪는 이야기만 보였다. 엄마 아빠는 몸이 아프고 난 뒤 성경을 눈만 뜨면 펼치고 잠을 잘 때도 머리맡에 놓아두었다. 그렇게 성경을 끼고 살았는데도, 남들한테 법 없이도 살 거라는 이야기만 들었는데도 엄마 아빠는 하늘나라로 가고 말았다. 그 뒤로 나는 엄마 아빠가 구원을 받지 못한 것 같아 한동안 하느님의 이야기를 믿고 싶지 않았다.

그러니 성경과 국어사전 중에 더 손이 많이 간 것은 단연 국어사전이었다. 어떤 날은 'ㄱ' 부터 읽어 내려가고, 또 어떤 날은 거꾸로 'ㅎ'부터 읽어 올라갔다. 국어사전에는 '아지랑이, 시나브로'와 같은 낯설지만 예쁜 낱말도 있는가 하면 '개새끼, 인마'와 같은 저속한 낱말도 실려 있었다. 모르는 낱말이 나오면 뜻풀이는 물론 쓰임도 꼼꼼히 살폈다. 책을 많이 읽지 않았지만 국어사전을 자주 들여다본 덕분에 글짓기 숙제나 대회에서 내 생각을 표현하는 게 어렵지 않았던 것 같다. 물론 그때는 어른이 되어 국어사전을 만들고 편집자가 되고 시인으로 살 거라고는 꿈에도 생각하지 않았다.

동생이랑 함께 놀 때는 역할극을 많이 했다. 우리는 심심할 때면 학교에서 봤던 옛이야기나 이솝우화에 나오는 등장인물로 곧장 바뀌었다. 등장인물이 여럿이면 일인 다역을 맡았다. 착한 주인공이었다가 못된 악당이 되었다. 방 안은 빛이 가득 들어오는 낮에는 들판이었다가 어두운 밤에는 동굴로 바뀌었다.

그 시절 놀이는 지금까지 이어진다. 냉장고 안이 텅텅 비어서 김치만 놓고 간장에 밥을 비벼 먹을 때는 피난놀이가 시작된다. 내가 김치 한 포기를 찢기 시작하자 동생이 말한다.

"언니, 피난길에 이렇게 귀한 묵은지를 어디서 구했어?"

"산 아래 마님 집에서 얻었지. 대궐 같은 집에 사는 분이라 마음씨도 좋더라. 참기름도 얻어 왔으니 김치 넣고 비벼 먹어."

"참기름 한 방울 떨어뜨리니 고소하고 맛나네."

남들 목소리까지 흉내를 잘 내는 동생은 연기 대상감이지만 내 연기는 다큐에 가깝다. 동생은 피부가 희고 볼에 살이 있어서 부잣집 사람 역에 어울리고 나는 빈궁해 보이는 얼굴이라 가난하고 불쌍한 역에 맞춤이다. 그나마 피난길 연기는 애를 쓰지 않아도 그럴싸하게 보였다.

서로 기분이 상한 날에는 우리 집에 언니와 언나(동생이 사랑스러울 때만 붙이는 애칭), 그리고 세상에 없는 한 사람이 더 있다. 바로 끄떡하면 가출을 일삼는 언년이다. 우리는 가끔 허공에 삿대질을 하며 호통을 친다.

"언년이 네 이년, 어딜 갔다 이제 오느냐? 설거지도 쌓이고 집 안도 엉망이고. 네 죄를 네가 알렸다!"

언니고 동생이고 따로 없다. 화가 난 사람은 아씨고,

나머지 사람은 언년이인 셈이다.

"누구한테 그런 나쁜 말을 하는 거야?"

"언년이."

그렇게 말하면 언년이가 된 언니든 언년이가 된 언나든 더 따지지 못한 채 고개를 끄덕여야 하는 것이다.

영화든 드라마든 보고 있으면 배우는 한순간에 찢어지게 가난한 사람이 되기도 하고 불치병 환자가 되기도 한다. 그러다가 억만장자가 되기도 하고 로맨스의 주인공이 되기도 한다. 힘들 때 아플 때 쓸쓸할 때 우리는 그저 연기를 하고 있을 뿐이라고 생각하면 조금은 이겨낼 힘이 난다. 조명이 꺼지고 막이 내리면 고통도 슬픔도 끝날 테니까. 연기에 몰입할수록 박수 소리가 힘차게 들려올 테니까. 그리고 또 우리의 새로운 이야기가 시작될 테니까.

옥시시 꼬치

학교에서 집으로 가는 길
포장마차에서 핫도그를 팔았다.
아이들은 그냥 지나치지 못하고
손에 핫도그를 하나씩 쥐고 집으로 갔다.
그사이에서 시무룩 걸어가는데
언니가 나를 보고는 바삐 집으로 데려갔다.
그리고 내 손에 김이 모락모락 나는
옥수수 꼬치를 쥐여주었다.
그 순간 옥수수는 나를 배시시 웃게 하는
옥시시가 되었다.
나는 옥시시 꼬치를 꼭 쥐고
핫도그처럼 빨아도 먹고 뜯어도 먹었다.

삐릴리리 ♫

뺄리리 ♫

어릴 때는 부모가 없는데도, 지금은 남편이나 자식이 없는데도 아쉬움이 없어 보인다는 소리를 종종 듣는다. 가진 게 없으니 돈도 사랑도 아쉬워 보일 만한데 말이다.

솔직한 성격이라 누구한테든 무슨 일에서든 꾸미거나 감추며 산 적이 없다. 누군가 사정을 물으면 남한테 피해를 주지 않는 한 나에 대해서는 그저 있는 대로 숨김없이 이야기한다. 그런데도 아쉬움이 없어 보인다는 이야기를 듣는 건 어쩌면 생각이 남달라서인 듯하다.

나는 남들이 좋아하는 걸 좋아하지 않았다. 대개 어린아이라면 과자니 아이스크림 같은 군것질거리를 탐하기 마련인데 나는 단맛을 싫어해서 누가 공짜로 줘도 잘 안 먹었다. 물컹한 밀가루 덩어리를 씹는 맛이 별로라서 떡볶이도 싫어했고, 기름에 튀긴 음식을 좋아하지 않으니 튀김이나 핫도그도 잘 먹지 않았다. 그 대신 아빠가 주로 파는 복숭아, 자두 같은 과일이나 엄마가 만든 쑥개떡이나 풀빵을 좋아하고 군고구마나 삶은 달걀을 잘 먹었다. 하지만 동생은 나랑 입맛이 좀 달랐다. 아무래도 엄마 아빠를 일찍 떠나보내서 아빠의 과일 맛도 엄마의 간식 맛도 모르고 자란 탓일 수도 있다. 동생은 보통 아이들처럼 떡볶이나 라면 같은 밀가루 음식을 무척 좋아했고 튀김도 잘 먹었다.

내가 중학교에 올라가면서 동생이랑 학교를 함께 다닐 수 없었다. 하루는 개교기념일이라서 나는 집에 있고 동생은 학교에 갔는데 옆집 할머니가 옥수수를 몇 개 나눠주셨다. 동생은 떡볶이나 튀김도 좋아했지만 옥수수도 무지 좋아했다. 옥수수를 삶으면 나보다 몸집은 작아도 한두 개를 더 먹을 정도로 잘 먹었다. 동생이 학교에서 돌아오면 좋아할 모습을 떠올리며 찜통에 옥수수를 삶아 뜸을 들여놓았다. 그러고는 엄마가 풀빵을 만들어놓고 학교 간 나를 기다렸던 것처럼 동생이 이제나저제나 올까 싶어 골목을 오갔다.

저 멀리 동생이 아이들 사이에서 걸어오는데 그날따라 표정이 달라 보였다. 학교에서 선생님한테 혼이라도 났나 싶었는데 주변 아이들을 보니 다들 손에 핫도그가 들려 있었다. 아무래도 돈이 없어서 혼자만 못 사 먹어 풀이 죽은 듯싶었다. 하기야 나도 동전 하나 갖고 있지 않으니 가서 사 먹으라고 할 처지도 아니었다. 나야

안 좋아하니까 혼자 못 먹어도 아무렇지 않지만 동생은 좋아하는 걸 혼자만 못 사 먹으니 마음까지 어두워졌을 것이다.

나는 아이들 사이에서 동생 손을 이끌고 집으로 데려 갔다.

"집에 뭐가 있는 줄 알아?"

"뭐가 있는데? 누가 왔어?"

"너 좋아하는 옥시시가 있어. 옥시시."

나는 찜통에서 가장 커다랗고 노란 옥수수를 꺼냈다. 그러고는 다른 때와 달리 젓가락을 옥수수 심에 단단히 꽂아 동생한테 건넸다. 핫도그가 별건가. 꼬챙이를 꽂 으면 옥수수도 핫도그가 되고 달랑무도 핫도그가 되는 것을.

핫도그보다 더 오래 쥐고 먹을 수 있는 옥시시 꼬치. 다 뜯어 먹고 나면 소세지는 없지만 하루 종일 하모니 카를 불 수도 있는 옥시시 꼬치. 지금도 옥수수를 삶는 날에는 그때를 생각하며 꼭 옥수수 심에 젓가락을 꽂아 동생한테 쥐여준다.

오래된 앨범 속에서 사진 한 장을 찾았다.
1988년 응과 유.
'쌍몽사' 표지석 옆에 나란히 붙어 서 있다.
언니는 어깨에 짐 가방을 메고
나는 냄비가 든 비닐봉지를 들었다.
사진 속 어린 응과 유처럼
우리는 지금 같은 꿈을 꾸고 있다.
그림 속에서나마 그 자리에 다시 서 본다.

응답하라, 1988!
흥하라, 2018!

나랑 동생은 정말 꼭 붙어 지냈다. 학교에 가는 날에는 함께 숙제를 하고 함께 밥을 먹고 함께 잠을 잤다. 학교에 가지 않는 날에는 함께 교회를 가고 함께 장을 보고 함께 놀았다. 어디를 가든 무엇을 하든 함께했다.

　어린 동생이랑 붙어 지내다 보니 중학생 나이에도 인형놀이며 소꿉놀이를 했다. 초등학교 입학 때는 맨 뒷자리에 앉을 만큼 키가 컸는데, 학년이 올라갈수록 자리를 하나씩 앞으로 이동하더니 졸업 무렵에는 맨 앞자리에 앉게 되었다. 어느 순간 키가 자라지 않았다. 아마도 엄마가 아픈 뒤 적지 않은 충격으로 성장도 멈추지 않았나 싶다. 또래 친구들이 겪는 신체 변화도 오지 않았다. 그래서인지 별다른 사춘기도 겪지 않았다. 그래도 내 나이 열다섯 중2. 여름방학 때 나는 친구들이랑 수락산 계곡에 가서 밥도 해 먹고 물놀이도 하기로 했다. 누구는 돗자리와 버너, 또 누구는 쌀과 김치, 또 다른 누구는 수박, 그리고 나는 돼지고기를 재어가기로 했다. 마침 둘째 언니가 쉬는 날이라 동생 걱정은 하지 않았다. 그리고 동생 없는 일탈을 꿈꾸었다. 가방에 이것저것 챙기고 비닐봉지에 냄비들을 넣고 집을 나섰

다. 그 순간 뒤꼭지를 붙잡는 울음소리가 들렸다. 아니나 다를까 동생이 따라가겠다며 울어댔다. 그래도 동생을 데려갈 수는 없었다. 친구들이랑 놀기로 한 까닭도 있지만 며칠 전 동생이 다리미에 다리를 데어 물놀이를 가면 안 되었다.

둘째 언니가 달래고 내가 몇 차례나 발을 구르며 들어가라고 손짓을 했지만 동생은 울음을 그치지 않았다. 결국 나는 동생과 함께 버스를 타고 수락산 계곡으로 갔다. 다행히 내 친구들은 나보다도 더 마음이 넉넉해서 어린 동생을 데려왔다고 싫은 티를 내지 않았다. 오히려 나보다도 더 동생을 챙겨주었다. 나는 동생의 아픈 다리를 비닐봉지로 싸맨 뒤 업고 다녔다. 그렇게 수락산 계곡을 종횡무진 누볐다.

그날 실컷 놀고 내려오는 길에 수락산 계곡 아래 있는 쌍몽사 비석 앞에서 동생이랑 기념사진도 한 컷 찍었다. 쌍몽. 쌍둥이처럼 같은 꿈을 꾸게 된다는 건가? 그날 그 사진 속에 있던 글자가 예언이 되었는지 아무튼 우리는 지금 같은 길을 걸으며 같이 살고 있다.

키메라 화장을 하고
미니스커트를 입고
오토바이를 타고
밤새 술을 마셨다.

문학에 발을 디디면서
그 모든 게 시시하게 느껴졌다.

우리는 어릴 때나 지금이나 잘 논다. 어릴 때는 심심하고 쓸쓸해서 무엇을 하든 놀이로 만들었다. 앞서 말한 대로 역할 놀이를 하며 상상의 날개를 펼친 셈이다.

밥을 먹을 때도 한 사람은 주방장이 되고 한 사람은 배고픈 손님이 되었다. 숙제를 할 때도 한 사람은 선생님이 되고 한 사람은 학생이 되었다. 감기에라도 걸리면 한 사람은 의사가 되었다가 간호사가 되고, 한 사람은 환자가 되었다. 지금은 둘 다 직장을 그만두고 글을 쓴다는 핑계로 정말 맨날맨날 놀기만 한다.

한 가지 비밀을 이야기하면, 우리는 한때 남들이 흔히 말하는 비행 청소년이었다. 제때 사춘기를 보내지 못했던 나는 스무 살 넘어 늦춘기가 찾아온 뒤 맘껏 놀았다. 내가 대학을 다닐 때 다섯 살 어린 동생은 한창 사춘기를 맞은 이팔청춘이었다.

늦춘기 나나 사춘기 동생이나 엇나가고 싶어했다. 껌 딱지 동생이고 뭐고 다 소용없었다. 나는 점점 밖으로 나돌았다. 술이 있는 자리가 좋았고 사람이 좋았다. 흔들리고 싶었다. 꼿꼿하게 단단하게 버티는 나와 '네가

이기냐 내가 이기냐' 하며 무모한 싸움을 이어나갔다. 그리고 사느라 동생을 챙기지 못할 때 동생은 언니한테 지지 않으려는 듯 마구 엇나갔다. (어른들 말투로) 아직 머리에 피도 안 마른 녀석이 술도 연애도 서슴지 않고 따라 했다.

동생은 새벽까지 놀다 들어와 교복만 갈아입고 다시 학교에 갔다. 오토바이를 타는 아이들과도 어울렸다. 남학생들이 꽃이고 초콜릿이고 케이크고 무언가를 들고 집 앞에서 동생을 기다리기도 했다.

그토록 놀던 동생이 고등학교 졸업을 앞두고 조금씩 달라졌다. 중국집이고 피자집이고 닥치는 대로 아르바이트를 했다. 동생은 늦은 시간까지 일을 하고 아침 일찍 학교에 갔고, 나는 새벽까지 술을 마시고 들어가는 날이 많아 서로 얼굴 보기가 쉽지 않았다. 그래서 오랜만에 동생 얼굴이라도 볼 겸 동생이 일하는 피자집에 들렀다. 동생은 피자 도우 위에 토핑을 올리느라 서빙을 하느라 포장을 하느라 계산을 하느라 정신없어 보였다. 몇 마디 말도 못 붙이고 돌아서는데 동생이 나를 불러 세웠다.

"언니가 좋아하는 치즈도 많이 올리고 토핑도 넉넉하게 뿌렸어."

동생이 커다란 피자 상자를 건네며 말했다.

철없이 산다고만 생각했는데 그날따라 동생이 언니처럼 느껴졌다. 형보다 나은 아우 없다는데 우리 집에는 언니보다 나은 동생이 있었다.

나는 가시를 싫어한다.

꽃이라도 가시가 있으면 가까이하지 않는다.

가시가 있는 말을 들으면 오래 아프다.

그러니 생선 가시와도 친할 수가 없다.

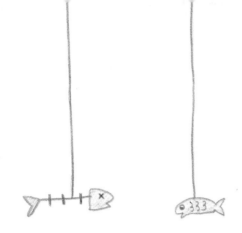

나는 동생한테 생선 가시를 발라주는 언니다. 정말 착하고 따뜻하고 친절한, 둘도 없는 언니라고 생각하겠지만 꼭 그래서만은 아니다. 내가 생선을 먹기 위해서다.

동생이랑 나랑은 입맛이 좀 다르다. 동생은 육고기를 좋아하고 나는 물고기를 좋아한다. 어릴 때 동생은 생선이라는 말만 들어도 고개를 절레절레 내저었다. 비린 맛이 싫어서 그러려니 하고 생선 음식은 밥상에 잘 올리지 않았다. 대신 줄줄이 소세지를 튀기거나 돼지고기를 볶아 먹는 날이 많았다. 그저 쉽게 만들고 푸짐하게 먹을 수 있는 재료가 돼지고기라 하루는 하얗게 하루는 빨갛게 해 먹었다.

그러던 어느 날 꽁치통조림을 한 통 사다 김치를 지졌더니 동생이 잘 먹었다. 알고 보니 비린 맛보다는 가시를 발라 먹는 게 귀찮았던 것이다. 정확히 말하면 요령이 없어 잘 못 발라 먹다 보니 귀찮아지기까지 했나 보다.

나는 생선 발라 먹는 데 어느 정도 경지에 오른 사람이다. 가시를 일일이 다 발라서 입에 넣지 않는다. 큰

가시만 대충 발라 입 속에 넣고 오물오물한 뒤 혀로 살과 가시를 분리한다. 웬만한 잔가시는 어금니로 잘근잘근 씹어 넘긴다. 내장이랑 굵은 가시만 빼고 머리부터 꼬리까지 다 씹어 먹는다. 그러니 나한테 생선 가시 발라 먹는 일쯤이야 누워서 떡 먹기다.

나는 이제 생선을 맘껏 굽고 조리고 찐다. 그리고 동생이랑 함께 살면서 생선 가시'까지' 발라주는 착한 언니가 되었다. 생선 가시를 발라 먹는 것과 나랑 동생이 함께 사는 방식은 다르지 않다. 남을 생각하는 게 곧 나를 생각하는 것이라 여기면 그 어떤 관계도 맞추고 이어나갈 수 있을 테니까.

언니는 동시를 쓰고 나는 동화를 쓴다.

우리는 동시와 동화 속에서 어린이가 된다.

엄마 아빠가 없어도 기죽지 않는 어린이.

세상 모두와 친구가 되는 어린이.

상상한 대로 다 이루어내는 어린이.

아마 호호 할머니가 되어도

우리는 동시를 쓰고 동화를 쓸 것이다.

그렇게 오래오래 행복한 어린이로 살 것이다.

시를 쓰면 먹고살기 어렵다는 이야기를 숱하게 들었다. 그 말처럼 나는 점점 현실감 없는 사람이 되었다. 시를 쓰면서 '나의 경제'는 늘 뒷전이었다.

여상을 졸업한 뒤 큰돈을 만지는 회사에서 일하다 보니 자연스레 씀씀이도 커지고 돈을 많이 벌고 싶다는 욕심도 생겼다. 입사 후 이 년도 안 되었을 때 사무직에서 영업직으로 전환해서 법인 영업을 뛰기도 했다. 스물한 살 나이에 정말 겁 없이 다녔다. 그만큼 어린 나이에 만져보기 힘든 돈도 벌고 하고 싶은 것도 실컷 했다.

그러던 어느 날 고속도로에서 12중 추돌 사고가 났다. 나는 그 사고로 반년 동안 병원 생활을 해야 했고 내가 살아왔던 시간들을 돌이켜보았다.

'이렇게 살아도 될까?'

돈을 좇으며 살았던 삶이 한순간에 무의미하단 생각이 들자, 나도 내 나이에 할 수 있는 걸 해보고 싶었다. 그래서 대학을 가게 되었다.

이야기를 다시 돌리면 나는 시인을 참 멋스럽게 생각했다. 돈에 연연하지 않고 사람을 가리지 않고 과거를 부끄러워하지 않고 미래를 두려워하지 않는 사람. 아니, 신의 경지에 오른 사람이라 '신'을 풀어 '시인'이라 칭한다고 생각했다. 그래서 뭔지도 모르고 시를 읽고 끼적였다.

하지만 학교를 다닐수록 시인을 만날수록 나의 상상에는 조금씩 금이 갔다. 시인도 돈을 중요하게 생각하고 사람을 가리고 부끄러워하고 두려워했다. 시인도 그냥 사람이었다. 그래야만 또 시를 쓸 수 있었던 걸 텐데, 청춘의 피가 흐르는 이십 대에는 그게 싫었다. 인정하고 싶지 않았다. 시를 한 자도 쓰고 싶지 않았다. 시인 따위는 되고 싶지 않았다. 그런저런 생각이 들 무렵 나는 서른을 앞두었고 마음도 주머니도 빈털터리가 되었다.

'이렇게 살아도 될까?'

그 뒤 나는 (현실을 좇으며 사는 게 싫어서 생각조차 하지 않았던) 직장을 다니게 되었다. 그 무렵 동생은 늦깎이로 문예창작과에 입학해서 동화를 쓰고 있었다. 《내 이름은 삐삐롱스타킹》을 좋아해서 삐삐의 작가 린드그렌을 동경했는지 동생은 대부분의 문학 전공 친구들과는 달리 처음부터 동화를 쓴다고 했다.

나는 '문창과' 선배랍시고 이것저것 조언도 하고 이야기도 나눌 셈으로 동화를 읽고 쓰는 동생 곁에서 함께 어린이책들을 읽었다. 대학 다닐 때는 아동문학 수업에 관심도 없었는데, 읽다 보니 남모르는 세상 속으로 빠져들었다. 나랑 동생은 마음에 드는 동화를 만난 날에는 잠들 때까지 동화 이야기를 나누었다.

서당 개도 삼 년이면 풍월을 읊는다고 했던가. 동생이 동화를 써서 신춘문예 공모전에 투고할 때 곁에서 동시 몇 편을 만들어냈던 것이 덜컥 당선되고 말았다. 정말 운명처럼 우리는 한 해에 등단했다. 우리나라 문단 현실로 보면 등단을 해야 시인, 작가로 불리고 작품을 발표하고 책을 낼 수 있으니 얼마나 기쁜 일인가. 하지만 당선의 기쁨을 만끽하기는커녕 솔직히 당선을 물리고 싶은 심정이었다.

'과연 동시를 쓸 수 있을까? 아니, 동시라는 게 뭐지?'

고민이 깊어질수록 동시는 한 글자도 써지지 않았다. 지독한 변비에 걸린 사람처럼 꽉 막힌 기분이었다. 아무리 힘을 주어도 땀을 뻘뻘 흘리며 앉아 있어도 내가 원하는 동시는 나오지 않았다. 오랜 시간을 흘려보냈다. 그 시간 동안 나는 무언가 대단한 것을 써내려고 했던 것 같다. 동시가 하고 싶은 대로 따라 하고, 가고 싶은 대로 따라가자고 마음먹으니 오히려 가벼웠다. 어쩌면 내가 여기까지 온 것도 크게 다르지 않았다. 내가 하고 싶은 대로, 내가 가고 싶은 대로 가다 보면 길이 만들어지니까. 그 길에서 나는 재미있게 놀면 그만일 테니까.

요즘은 동시 밥상을 차리는 일이 즐겁다. 개다리소반에 차리면 어떠랴. 찌그러진 냄비, 이 빠진 그릇이면 어떠랴. 아무 날이면 또 어떠랴. 동시에 담긴 참맛을 함께 나눌 친구들이 있으면 절로 힘이 솟는다.

우리는 한 사람이 하나를 사면
다른 한 사람이 똑같은 것을 따라 산다.
공짜도 아니고 제값 주고 하나를 더 사다니!
이러다 사람까지 1+1이 되는 건 아닌지.

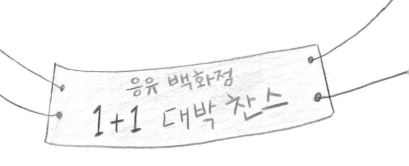

어쩌다 또 동생이랑 똑같은 옷을 사고 말았다. 예전보다 심하진 않지만 우리는 옷도 신발도 둘인게 많다. 성격은 달라도 보는 눈이 비슷해서다. 내가 먼저 고를 때도 있고, 동생이 먼저 고를 때도 있는데 그렇게 누군가가 고르고 나면 다른 물건은 눈에 들어오지 않는다. 그저 그게 가장 좋아 보일 뿐이다.

그럼 하나만 사서 바꿔가며 입고 신으면 돈도 아끼고 좋을 텐데. 그런데 그건 정말 큰일 날 일이다. 성격이 달라 동생은 언제나 새것처럼 쓰고, 나는 하루 만에 헌것으로 만들기 때문이다.

"언니 신발 신었네?"

"동생 옷 입고 왔구나?"

우리 둘을 다 아는 사람들한테 종종 듣는 얘기지만 우리는 귀찮기도 해서 일일이 설명하지 않고 그저 웃고 만다.

오래전 동생이랑 잠시 따로 살 때였다. 나는 룸메이트를 구해 자취를 하고 있었고 동생은 둘째 언니네에 살면서 학교를 다니고 있었다. 큰언니가 우리한테 티셔츠를 하나씩 사준다고 해서 백화점에 따라갔다. 서로 다른 옷을 사려고 했는데 한 바퀴를 돌아봐도 눈에 들어오는 옷이 별로 없었다. 그렇다고 나나 동생이나 공짜 옷이 생길 기회를 놓칠 생각이 없었으니 울며 겨자 먹기로 노랑 줄무늬가 그어진 티셔츠를 찜했고 언제나 그렇듯 똑같은 것으로 두 장을 샀다.

"헤헤. 둘이 따로 사니까 상관없어."

우리는 그렇게 말하며 서로 안심하고 만족했다.

그러고는 얼마쯤 지났을까. 남자친구한테 처음 동생을 소개시켜주는 날이었다. 우리는 강화도로 함께 소풍을 가기로 하고 가는 길에 동생을 데려가기로 했다. 약속한 곳에 다다를 때쯤 남자친구가 누군가를 가리키며 외쳤다.

"저기 저 친구가 동생인가 보네."

"어? 누구?"

나는 저 앞 버스정류장 쪽을 바라보았다. 나랑 똑같은 옷을 입은 동생이 서 있었다. 하필이면 큰언니가 사준 새 옷을 둘 다 입고 나온 것이다. 그날 남자친구는 왼쪽 오른쪽에 똑같은 여자 둘을 모시고 다녔다.

책 만드는 사람

한때 나는 책을 만드는 사람이었다.

언니의 길을 따라가 얼결에 시작한 일이었다.

무슨 일이든 한번 빠지면

좀처럼 헤어나오지 못하는 성격 탓에

어느새 나는 일벌레가 되고 말았다.

마치 책 만드는 일에 목숨이라도 건 사람처럼

그것 말고는 아무것도 보지도 생각하지도 않았다.

때로는 연애하듯 달떠 있었고

때로는 세상을 다 잃은 듯 절망했다.

그러던 어느 날, 나의 전부였던 그 일을 툭 놓았다.

별처럼 빛났던 사람들과 순간들을

여전히 잊을 수 없다.

내게 지금이 있는 것은

그들과 그 순간들이 있었기 때문이다.

얼마 전까지 나랑 동생은 시인, 작가보다 편집자라는 직업이 익숙했다. 나는 다시 사회생활을 시작하면서 문학잡지 편집자로 일했고, 동생은 대학을 졸업한 뒤 어린이책 출판사에 취업해서 편집자가 되었다.

직장 생활을 하면서 자기 작품을 쓰는 일은 쉽지 않았지만 우리는 동시와 동화의 끈을 놓지 않았다. 다행히 나는 문학잡지에서 시 분야 담당 편집자라 시를 많이 읽어야 했고, 동생은 어린이책을 만드니까 당연히 동화 속에 파묻혀 지내야 했다.

우리는 그렇게 또 비슷한 길을 걸었다. 이번에도 내가 먼저 시작했다. 내가 다섯 살이 더 많았고 언니였으니까. 늦깎이 대학생은 늦깎이 직장인으로 이어지다 보니 어려운 점이 많았다. 또래 친구는 물론 나보다 어린 친구도 벌써 경력이 많은 선배들이었다. 그 사이에서 이것저것 물어보고 배워나가야 했다. 책은 혼자 만드는 게 아니니까 디자인팀, 제작팀, 영업팀과 마음을 맞춰 만들면 되지만 원고를 검토하고 교정을 보는 일, 필자를 찾고 그들과 소통하는 일은 누가 가르쳐준다고 쉽게 배우는 일이 아니었다. 그래도 다행인 것은 편집 일을 하기 전에 국어사전 만드는 일이며 번역 소설 윤문 일을 꾸준히 해왔던 덕분에 원고를 검토하고 교정을 보는 일에 금방 익숙해졌다.

나는 동생이 처음 출판사에 들어갔을 때는 동생도 늦깎이로 편집자가 되었으니 일이 쉽지 않을 거라 생각했다. 그래서 편집자 선배랍시고 이것저것 훈수를 두고 참견깨나 했다.

출판사에서는 보통 다음 해에 내야 할 책들의 출간 일정을 미리 잡는다. 책임 편집할 책도 미리 정한다. 하지만 모든 일이 그렇듯 뜻대로 되지 않는다. 글 작가가 퇴고를 못 해서, 그림 작가가 잠수를 타서, 출간 일정이 겹쳐서 등등 책을 일정에 맞추지 못하는 불가항력적인 일들이 생기게 마련이다. 그래서 대개 출간 일정보다 늦게 나오는 책은 있어도 먼저 나오는 책은 드물다.

그런데 동생 앞에서는 불가항력이란 없어 보였다. 동생은 출간 일정보다 당기면 당겼지 늦추는 법이 없었다. 시간이 지나면서 문장을 다듬는 일도 나보다 잘했고, 작품을 보는 안목도 나보다 나았다. 그림이나 디자인을 보는 감각도 나보다 뛰어났다.

게다가 나는 직원들을 시종 부리듯 하는 사장과 그런 사장 비위만 맞추는 팀장들이 마음에 안 들어서, 명절이면 직원들은 빈손으로 보내고 자기 차에는 거래처에서 들어온 선물 상자를 바리바리 싣고 가는 사장이 싫어서, 자식들을 낙하산 입사시키는 사장이나 회사가 어렵다는 이유로 말단 직원 월급까지 삭감해놓고 자기 주머니만 챙기는 사장을 이해할 수 없어서 사표를 썼다. 그렇게 갖가지 핑계 아닌 핑계를 대며 직장을 자주 옮겨 다녔다. 그리고 마지막 직장에서는 노조 활동으로 긴 시간 전쟁 같은 날들을 보내야 했고 사장은 노사 갈등이 막다른 길에 다다르자 사옥을 팔고 회사를 폐업시켰다. 내가 그런저런 직장 생활을 하는 동안 동생은 한곳에서 비교적 오래 일을 하며 경력을 쌓았다.

그러니 어느 순간 나는 동생 앞에서 그저 뒷방 늙은이가 헛기침하는 수준밖에 되지 않았다. 어쩌다 동생과 일한 작가들을 만나면 동생 칭찬을 많이 들었다. 동생의 정성에 감동했다는 말을 들으면서 나는 동생을 더는 '동생'으로만 보지 않았다.

글을 쓰는 일도 좋지만 책을 만드는 일도 매력이 있

다. 작가의 책이기도 하지만 원고가 편집자한테 넘어가는 순간 편집자의 책이기도 하다. 편집자는 단순히 교정 교열을 보는 사람이 아니라 노를 젓는 선장처럼, 영화를 찍는 감독처럼, 오케스트라를 이끄는 지휘자처럼 책을 만드는 과정 하나하나를 살피고 챙기고 결정해야 한다. 과정이 녹록지 않지만 세상에 책이 나오는 순간 내가 만든 작품이 탄생하는 것이다.

　새로 나오는 책들을 보고 있으면 가끔은 책 만드는 일이 그립다. 언젠가 (그런 날이 올까마는) 책 만드는 일을 다시 한다면 꼭 동생이랑 함께하고 싶다. 그리고 자존심 접고 동생한테 열심히 배우고 싶다.

회사 선배들이 내 도시락을 보며 말했다.

"도시락을 언니가 싸줬다고? 엄마 같은 언니네."

그러고 보면 언니는 엄마처럼 잔소리도 많이 한다.

물을 자주 마셔라, 과일은 밥 먹기 전에 먹어라,

손을 깨끗하게 씻어라, 양말을 꼭 신어라 등등.

문득 생각한다.

언니의 잔소리가 없다면 어떨까.

언니가 내 곁에 없다면 어떨까.

그럼 몹시 슬퍼진다.

아, 이런 게 엄마를 생각하는 딸의 마음일까?

동생은 일을 할 때든 글을 쓸 때든 한번 시작하면 의자에 붙박이가 되어버린다. 언제부턴가 건강 염려증이 생긴 나는 그런 동생을 보면서 잔소리를 퍼붓는다.

"그렇게 한 자세로만 앉아 있으면 다리에 피가 쏠려서 큰일 나. 몇 시간 동안 물 한 모금 안 마시면 큰일 나. 계속 컴퓨터만 보고 있으면 눈이 건조해져서 큰일 나. 내가 없으면 일곱 시간이고 여덟 시간이고 아무것도 안 먹을 텐데 그렇게 빈속으로 있다가 폭식하면 큰일 나. 한 번씩 고개도 뒤로 젖히고 기지개도 펴야지 계속 키보드만 두드리고 마우스만 잡고 있으면 어깨도 팔도 큰일 나."

결론은 큰일 나는 거다. 진짜로 나는 어릴 적 큰일을 치렀던 사람이라 다시는 큰일을 겪고 싶지 않다는 마음 때문인지 동생한테 큰일 난다는 말을 달고 살았다. 그래도 내 눈앞에 있으면 물도 떠다주고 밥 먹으라고 불러내니까 의자에서 일으킬 수 있지만 회사에 가면 챙겨줄 수도 확인할 길도 없으니 큰일이었다.

신입 편집자일 때는 일이 익숙하지 않아서, 경력 편

집자일 때는 일이 너무 익숙해서 밥도 안 먹고 일벌레처럼 사는 동생한테 내가 고작 해줄 수 있는 건 도시락을 챙겨주는 것이었다. 워낙에 먹는 것을 좋아하는 동생이라서 가능하면 반찬을 세 가지씩은 새로 만들어주려고 했다. 동생은 빨갛게 볶은 돼지고기, 파를 송송 썰어 넣은 달걀말이, 반으로 쪼개 볶은 줄줄이 소세지, 고춧가루를 넣은 어묵볶음 등을 좋아했다. 그런데 그런 음식만 먹으면 건강에 좋지 않을 것 같아서 브로콜리 데친 거나 취나물, 시래기나물 같은 것을 넣기라도 하면 질색팔색했다. 그러면 나는 또 말한다.

"고기나 햄만 먹으면 큰일 나."

아, 맹자 어머니는 아들을 위해 세 번이나 이사를 했다는데, 나는 먹보 동생을 위해 세 가지 반찬을 마련해주는 게 쉽지 않았다. '맹매삼찬지교'는 멀고도 험한 일이었다.

언니랑 나는 합창하듯 똑같이 말할 때가 많다.

사람들과 이야기를 나눌 때면

다들 우리 얼굴을 번갈아 보느라 바쁘다.

똑같은 말을 동시에 외치니 당연하다.

텔레파시가 통한 걸까.

맨날맨날 싸우면서 말할 때는 한목소리다.

동생이랑 나는 닮은 점도 있고 다른 점도 있다. 그중 목소리는 깜짝 놀랄 만큼 비슷하다. 언니들 셋은 나름 특징 있는 목소리고 다 다른데, 어릴 때부터 우리 둘은 목소리가 참 닮았다.

어릴 때 동생 친구들이 전화를 걸면 나는 짓궂은 장난을 많이 쳤다. 마치 동생인 것처럼 이야기 나누다 동생 친구가 비밀스러운 이야기를 꺼내면 그제야 언니라는 것을 밝혔다. 동생 친구들이 소스라치게 놀라는 게 재미있었다. 그뿐 아니라 언니들마저 통화할 때면 우리의 목소리를 구분 못 하고 누구냐고 꼭 물었다.

둘 다 직장 생활을 할 때였다. 동생한테 급히 전할 말이 있는데 휴대폰이 꺼져 있어서 사무실로 전화를 해야 했다. 동생이 자리에 없었는지 다른 직원이 전화를 받았다. 내가 동생을 찾자 상대는 당황한 듯 대답했다.

"자리에, 없, 없는데요……."

나중에 동생한테 회사 선배가 놀라더라는 이야기를 전해 들었다. 내 목소리가 동생이랑 너무 똑같아서 처음에는 동생인 줄 알았다고 했단다. 하기야 동생 목소리로 동생을 찾으니 몹시 놀랄 만하다.

신기하게도 우리는 목소리가 닮은 것처럼 노래를 못하는 것도 닮았다. 음치 박치 자매인 우리는 남 앞에서 노래를 부른 적이 거의 없는데, 아주 가끔 차 안에서 큰소리로 노래를 부른다. 그러면 마치 한 사람이 부르는 듯 틀린 음정으로 틀린 박자마저 맞춰서 한목소리를 낸다.

물건을 사면 나한테는 꼭 불량이 온다.

의자 다리 길이가 짝짝이라든지

스웨터 밑단의 올이 풀렸다든지

신발 양쪽에 꽃무늬가 다르다든지

그러니 물건을 사면 꼭 반품이 뒤따른다.

그런 나를 보며 언니는 어김없이 잔소리를 한다.

"왜 맨날 사기만 하면 반품을 해!"

내 마음도 몰라주는 언니.

이럴 때는 언니도 반품하고 싶다.

직업병이라고 해야 하나. 편집자 생활을 하면서 동생한테 이상한 버릇이 생겼다. 물건을 사면 꼭 반품을 하는 것이다. 좋게 말하면 잘못된 부분을 잘 잡아내는 건데, 물건을 살 때마다 그러니 반품병에 걸린 사람처럼 보였다.

편집자로 일하면 아무래도 성격이 예민해질 수밖에 없다. 깨알같이 작은 글자에 파묻혀 오자와 오류를 잡아내야 하니 눈을 더 크게 떠야 하고 정신을 한곳에 집중해야 한다. 인쇄가 끝나면 되돌릴 수 없으니 책이 나올 때까지 조금이라도 한눈을 팔아서는 안 된다.

게다가 동생은 물건을 아끼다 못해 신주단지처럼 소중하게 다룬다. 모자를 쓰려고 산 건지, 모셔놓으려고 산 건지 알 수 없을 정도다. 나는 옷이든 신발이든 새 물건도 남한테 빌려줄 수 있다. 처음으로 새 차를 뽑았을 때도 정말 아무한테나 열쇠를 건넸다.

그런 성격이니 나는 물건을 살 때도 첫눈에 마음에 들면 별로 따지지 않고 사고, 동생은 이것저것 따지고 살피고 고민하고 산다. 그렇게 심사숙고해서 자기 것으로 들인 물건이니 조금이라도 오점이 있으면 받아들일 수 없나 보다. 이쯤 되면 동생이 산 것은 물건이 아니라 동생의 분신인 셈이다.

처음에야 그러든 말든 신경을 쓰지 않았는데, 자꾸 반복되면 신경을 쓸 수밖에 없다. 쇼핑몰 상담 직원과 통화 연결이 되는 것도, 반품 사유를 설명하는 것도 참 지치는 일이다. 물건을 팔 때는 클릭 한 번에 쉽게도 결제가 되는데 반품을 할 때는 여러 곳을 거쳐야 하고 연락도 잘 안 된다. 택배 기사님들도 배달해야 할 물건이 많다 보니 반품 물건까지 챙기는 건 쉽지 않은 모양이다. 받는 물건이야 경비실에 맡기면 되지만 보내는 물건은 사람이 꼭 붙어 있어야 한다.

"사람도 흠 없는 사람이 없듯 물건도 흠 없는 물건이 없지. 동생아, 작은 것은 그냥 눈감아주자꾸나."

이런저런 말로 설득하지만 잘못된 부분을 발견한 이상 하느님 부처님 같은 말은 통하지 않는다.

동생 잘못이 아니라지만 그래도 이런저런 모습을 보면 답답하고 화가 난다. 보다 못한 나는 전화기를 붙들고 쩔쩔매는 동생 대신 어느새 해결사 노릇을 하고 있다. 그럴 때면 솔직히 동생까지 반품하고 싶은 심정이다.

내가 태어난, 그리고 엄마 아빠가 떠난 청기와집.

부엌도 화장실도 없는 옥탑방.

도둑이 들어 도망치다시피 나온 원룸.

소녀가장을 위한 영구임대아파트.

곰팡이가 집어삼킨 가건물 등등.

스무 곳이 넘는 집에서 살았다.

어느 날부터인가 집에 대한 집착이 생겼다.

더 이상 떠돌고 싶지 않았다.

'우리 집'을 갖고 싶었다.

우리 집에서 신화처럼 내려오는 이야기가 있다. 믿거나 말거나지만 나는 갓난아이 때 스스로 기저귀를 갈았다. 애늙은이라는 소리를 많이 듣기는 했지만 걷지도 못하는 아이가, 겨우 기어서 다니는 아이가 자기 기저귀를 갈았다니 기가 찰 이야기다. 내 머릿속에 기저귀를 간 기억은 없지만 그 시절 정말로 내가 또렷하게 기억하는 게 있다. 누워서 바라본 우리 집 풍경이다. 마당 밖을 걸어서 돌아다닌 기억은 없으니 아마도 두 돌 전 기억이지 싶다.

나는 서울시 성북구 종암동에서 태어났다. 내가 태어난 집(그러니까 정말로 내가 누워서 바라본 곳)에는 툇마루가 있었고 자그마한 마당이 있었다. 마당 한쪽에는 수도가 있었고 그 아래 고무 대야에는 과일이 담겨 있었다. 엄마 치맛자락을 부여잡은 채 징징 우는 셋째 언니와 마당에서 고무줄놀이를 하는 큰언니와 작은 언니 모습이 떠오른다.

그다음에는 종로구 숭인동 청기와집으로 이사를 했다. 달동네 초입에 있는 집이었는데 원래 집주인은 고모네였지만 우리가 안채를 쓰면서 집을 관리해주었다.

그때까지만 해도 우리 집에는 딸이 넷이었다. 내가 고개를 숙여 가랑이 사이를 볼 때면 어른들은 "남동생한테 터를 팔려나 보네."라는 말을 했다. 어느 날 엄마가 아이를 가졌고 엄마는 열 달 내내 날달걀만 먹었다.

내가 여섯 살이 되던 해 봄날, 우리 집에는 얼굴이 달걀처럼 희고 갸름한 아이가 태어났다. 그런데 어른들 말과는 달리 고모를 빼닮은 여자아이였다. 어른들은 다시 말을 붙였다.

"집주인 노릇하며 새언니를 부려먹으니 시누이가 밉기는 미웠나 보네. 막내가 고모를 꼭 닮았어."

종로구 숭인동 청기와집. 그 집은 나랑 동생을 만나게 해준 집이자 엄마 아빠를 잃은 집이다. 그래도 가장 오래 산 집이다. 그 집을 떠난 뒤로는 일 년에 한 번씩 이사를 해야 했다. 어떤 때는 삼 개월도 못 살고 나와야 했다.

이래저래 떠돌다 보니 나도 동생도 마음 놓고 편히 쉴 수 있는 집에 대한 갈망이 생겼다. 둘 다 직장 생활을 할 때였다. 어느 날 동생이 시험 삼아 아파트 청약을 넣었고 운 좋게 당첨이 되었다. 반가운 소식이었지만 당장 대여섯 달에 한 번씩 중도금을 치를 일이 막막했다. 사실 중도금을 대출받아도 되는데 그 시절 그 흔한 외상 한 번 안 하고 살았던 아빠를 닮아서인지 우리는 일 원도 남의 돈은 빌려 쓰고 싶지 않았다.

바라고 바라면 이루어진다고 했던가. 아니면 집이 동력이 되어 힘들어도 직장을 그만두지 않은 덕분인가. 둘이 힘을 모아 이 년 반 만에 그 누구한테도, 그 어디에도 빚을 지지 않고 아파트를 장만했다. 주변에서는 결혼을 해야지 뭐 하러 집까지 사느냐, 일본처럼 집값도 떨어지고 처치 곤란할 때가 온다 등등 걱정 어린 말도 했지만 나는 동생한테 동생 이름으로 된 집을 갖게 해주고 싶었다.

아파트 입주를 앞두고 둘 다 백수가 되어 쓰레기통 하나 새로 사지 못했지만, 그 집에서 동생은 첫 책을 내고 나도 두 번째 시집을 냈다.

미나 미나 이나 가, 둘리라 2 기호 기호 왕영 영양 기호 기호 영양

언니 말

나한테는 이십 년 가까이 달고 사는 고질병이 있다.

날씨가 조금만 더워지면 귀신같이 귓병이 찾아온다.

한쪽 귀가 말썽이더니 다른 한쪽으로까지 옮겨갔다.

귀가 눌리면 안 되니 똑바로 누워 자야 한다.

약도 없고 치료법도 없다.

어떤 의사 선생님이 이런 말을 했다.

"귀에 무좀이 있다고 생각하면 돼요."

언니도 알아야 한다.

내가 언니 말을 안 듣는 게 아니라 못 듣는다는 걸.

그리고 그것은 다름 아닌 '귀 무좀' 때문이라는 걸.

길을 걷는데 할머니랑 서너 살 손자가 우산을 쓰고 손을 잡고 지나간다.

"할머니 말 잘 들을 거야, 안 들을 거야?"

할머니도 순해 보이고 손자도 말썽꾸러기처럼 보이지는 않아 손자가 뭘 잘못했나 궁금했다.

백 미터쯤 가서 할머니가 손자한테 또 말한다.

"할머니 말 잘 들을 거야, 안 들을 거야?"

그런데 어쩐지 익숙한 말이다.

"언니 말 잘 들을 거야, 안 들을 거야?"

가만 생각하면 참 그렇다. 인간은 누구나 주체적으로 살 권리가 있거늘, 누가 누구의 말을 잘 듣는 게 무엇이 그리 중요하단 말인가. 또 그리될 수 있는 일도 아닌데 너무나 독재적인 생각 아닌가. 하지만 어쩌다 보니 나는 그런 독재자 같은 언니가 되고 말았다.

내가 동생한테 언니 말을 잘 들으라고 하는 것은 이를테면 이런 것이다. 어릴 적부터 나는 무슨 일에서든 동생의 보호자라는 생각을 지우지 못하고 살았다. 동생이 일을 저지르면 그것을 해결하고 수습하는 사람은 보호자인 '나'라고 생각했다. 1학년 동생이 옷에 오줌을 싸면 6학년 언니인 나는 수업을 받다가도 동생을 데리고 집으로 가서 씻기고 옷을 갈아입혀야 했다.

"다음부터는 쉬는 시간에 꼭 오줌을 눠야 해. 오줌 마려우면 미리 말해야 해."

이렇게 다짐을 하지만 어김없이 똑같은 일이 반복되고 만다. 일부러 옷에 오줌을 싼 게 아니라는 것을 알면서도, 엄마 아빠를 잃은 뒤 생긴 버릇인 것을 알면서도 꼭 다음 말이 뒤따른다.

"언니 말 잘 들을 거야, 안 들을 거야?"

서너 살 버릇 여든 간다지만 어릴 적 버릇이 지금까지 이어져 사십 먹은 동생한테 늘 달고 사는 말이다. 내 버릇도 무섭고 여태 말 안 듣는 동생도 참 그렇고. 하긴 언니 말 안 들어 동생이 글을 쓰는 작가로 사는 건지도.

성격이 다르고
생각이 다르고
입장이 다르니
자꾸 싸울 수밖에.
우리는 독립을 고민했다.
마지막 지푸라기라도 잡는 심정으로
심리상담센터를 찾았다.

선생님, 좋은 방법이 있을까요?
따로 살아야 해요.
선생님, 다른 방법은 없을까요?
따로 살아야 해요.

상담 선생님이 알면 놀랄 일이지만
우리는 아직도 같이 살고 있다.

늘 똑같은 문제로 싸운다. 무슨 일이 생기면 나는 고민을 별로 하지 않는 편이고 동생은 고민을 깊이 하는 편이다. 나는 시작은 쉽지만 끝이 흐지부지 될 때가 많고 동생은 시작은 어렵지만 끝맺음을 잘한다. 또 무슨 일을 앞두고 나는 잘되는 것만 생각하고 동생은 안 되는 것만 생각한다. 언뜻 보면 나는 긍정적이고 동생은 부정적이라서 내 쪽이 훨씬 일할 때 좋을 것 같지만, 나는 막상 일을 시작하면 (어렵지 않은 일은 없으니) 쉽게 난관에 부딪히고 동생은 이것저것 예상하고 대비했던 터라 이겨내는 힘이 크다. 그러니 결과적으로 누가 더 좋고 덜 좋다고 말할 수는 없다.

우리는 한집에 살고 (방이 여러 칸이지만) 한방에서 자고 (지금 함께 책을 쓰고 있는 것처럼) 한 가지 일을 함께하는 경우가 많다. 사람도 함께 만나고 쇼핑도 함께하고 여행도 함께 간다. 심지어 쓰레기를 버리러 갈 때도 버릇처럼, 바보처럼 함께 간다. 그럴 때면 서로 마주 보며 헛웃음을 짓는다.

"이럴 거면 밥도 한 그릇 가지고 나눠 먹어야 하는데."

그런 탓에 한때는 휴대폰도 하나만 개통해서 함께 썼다. 주변 사람들이 우리 둘의 (목소리까지 비슷하니) 정체성까지 들먹이면서 혼란스러워하자 다시 각각 휴대폰을 쓰게 됐지만.

모든 걸 함께하는 것은 그만큼 잘 통한다는 뜻인데 새로운 일을 시작할 때는 서로 다른 성격 때문에 꼭 싸우고 만다. 나는 밥도 안 먹고 잠도 안 자고 고민만 하는 동생을 보는 게 답답해서 큰소리를 내고, 동생은 아무 고민도 없이 밥도 잘 먹고 잠도 잘 자는 나를 보는 게 답답해서 우는소리를 낸다.

작은 불씨가 큰불이 된다고 했던가. 자잘한 싸움이지만 반복될 때마다 나는 나대로 동생은 동생대로 괴로웠고 끝장을 보고 싶었다. 아니, 누구라도 붙잡고 하소연이라도 하고 싶었다. 그러던 참에 마침 나라에서 예술인들을 위해 심리 상담을 해준다는 이야기를 듣고 우리는 (늘 그렇듯 손을 꼭 잡고) 심리상담센터를 찾았다.

동생이나 나나 하소연은 달라도 듣고 싶은 말은 비슷했을 거다.

"언니가 옳습니다. 동생한테 문제가 많군요."

나는 심리 상담사가 이러한 이야기를 해줄 거라 굳게 믿었다.

"동생이 옳습니다. 언니한테 문제가 많군요."

아마 동생은 심리 상담사가 이러한 이야기를 해줄 거라 굳게 믿었을 것이다.

하지만 심리 상담사는 둘 다 옳다고 했고 문제가 없다고 했다. 다만 당장 따로 살아야 한다고 했다. 독립 선언이야 싸울 때마다 부르짖지만 막상 따로 살려고 하니 걸리는 게 많았다. 심리 상담사의 말에 나는 고민을 실컷 하고 싶어하는 동생이 혼자 살면 정말로 고민을 실컷 하다가 큰일 날 거라고 고개를 절레절레 저었다. 동생은 내가 혼자 살면 아무렇게나 제멋대로 막 나갈까 봐 고민이라고 고개를 절레절레 저었다. 그날 그런 우리를 보며 심리 상담사도 고개를 절레절레 저었다.

김밥 자매

우리는 김밥을 좋아한다.

배고플 때도 먹고

배부를 때도 먹는다.

아플 때도 먹고

여행 가서도 먹는다.

하지만 좋아하는 김밥이 다르다.

언니는 왕김밥, 나는 꼬마김밥.

언제나 그렇듯

언니는 내 앞에서 왕처럼.

나는 언니 앞에서 꼬마처럼.

엄마는 아빠가 허리를 다쳐 장사를 나가지 못할 때 새벽같이 김밥을 말아 이고 나갔다는 이야기를 종종 했다. 엄마가 들고 나간 김밥은 금세 동이 날 만큼 인기였다고 했다. 그런 말을 할 때면 엄마의 얼굴에는 무용담을 늘어놓는 사람처럼 흥이 넘쳤다. 하지만 나는 숫기 없는 엄마가, 좀체 무뚝뚝한 엄마가 그 김밥을 어떻게 다 팔았는지 궁금했다.

엄마는 김밥을 쌀 때 재료를 아끼지 않았다. 시금치며 달걀부침이며 당근채를 예쁘게 가지런히 놓지 않고 듬성듬성 집어 큼직하게 말았다. 옆구리가 터지지 않는 게 신기할 정도로 크게 쌌다. 한 줄씩 말리는 김밥을 보며, 도시락에 넣기 위해 썰리는 김밥을 보며 우리는 꽁다리를 탐냈고 아빠는 언제나 커다란 왕김밥을 손에 두루마리째 쥐고 먹었다. 그런 아빠의 모습이 좋아 보였다. 우리 같은 아이로 보였고 다정한 남자로 보였다.

요즘도 나는 동생이랑 김밥을 자주 싸 먹는다. 그 옛날 엄마가 그랬듯 재료를 듬뿍 넣고 둘둘 만다. 내가 그렇게 김밥을 크게 싸면 동생은 일부러 입을 작게 오므리며 말한다.

"언니야, 김밥 먹다가 입이 찢어지겠다."

동생은 당근이며 시금치, 우엉 같은 채소가 잔뜩 들어가는 게 싫은 거다. 나는 그런 동생을 위해 김을 반에 반으로 자르고 재료를 가늘게 썰어 꼬마김밥을 싼다. 나는 아빠처럼 왕김밥을, 동생은 어린아이처럼 꼬마김밥을 손에 쥐고 먹는다.

지금은 다양한 김밥집도 많이 생기고 김밥 종류도 여러 가지다. 그런 김밥들이 나오기 전부터 나는 흑미나 현미로 밥을 지어 김밥을 싸기도 하고 쪽파를 살짝 데쳐 시금치 대신 넣기도 하고 오이지를 꽉 짜 넣기도 하고 취나물을 무쳐 넣거나 깻잎순을 볶아 넣기도 했다.

"김밥 장사해도 되겠어!"

내 김밥을 맛본 사람들이 하는 말이다. 그런 말을 들을 때는 언젠가 먹고살 길이 막막해지면 정말 김밥 장사를 해볼까 싶기도 하다. 엄마도 그랬을까. 어쩌다 김밥을 맛있게 싸다 보니 궁할 때 김밥을 팔게 되었고 김밥을 팔면서 자신감도 생겼던 걸까.

벚꽃이 흐드러지게 피는 어느 날, '응유 김밥집'을 만나게 된다면 그냥 지나치지 마시길!

같이 살면 부부도 닮는다.
생김새는 전혀 다르지만
점점 물들어간다.
언니는 나처럼 걱정이 많아지고
나는 언니처럼 말이 많아진다.
좋은 거든 나쁜 거든
서로에게 물들어간다.

사랑은 이쪽에서 저쪽으로 물들어가는 것. 혹은 저쪽에서 이쪽으로 물들어가는 것. 그렇게 흘러가는 것.

고구마줄기나 머윗대 같은 나물을 다듬고 나면 손톱 밑에 풀물이 든다. 나는 나물 반찬을 즐기기도 하지만 그렇게 손톱 밑에 풀물이 드는 것을 즐긴다. 무언가에 흠뻑 빠진 듯한 느낌이 들어서일까. 문득 손톱 밑에 든 물을 보며 생각한다.

어릴 적 나는 내 짝꿍이 엔지니어면 어떨까 하고 상상한 적이 있었다. 씻어도 씻어도 손톱 밑이 까만 사람. 얼굴이며 옷에 기름때를 묻히고 웃는 사람. 아빠가 그랬듯 무언가를 뚝딱뚝딱 고치고 만들어내는 것을 동경했던 듯싶다.

스무 살 넘어 연애를 할 나이가 되어서는 에어컨 같은 사람을 좋아했다. 그 당시 나는 지금보다 젊었고, 고기를 좋아했고, 매운맛을 찾아다녔고, 찬물을 즐겼다. 그러다 보니 한여름에는 에어컨 앞에 서서 무의미하게 "아에이오우, 아에이오우." 하며 찬바람을 실컷 맞았다. 그렇듯 사람도 냉정한 사람을 많이 만났다. 대개 연애란 뜨겁다지만 나는 너무 뜨거워서 차가운 것에 끌렸나 보다.

이제 나는 그때보다 나이를 먹었고, 고기를 탐하지 않고, 순한 맛을 좋아하고, 미지근한 물을 마신다. 그러다 보니 자연스레 에어컨도 멀리한다. 오히려 뜨끈하고 오래가는 온돌을 좋아한다. 그리고 온돌 같은 사람을 좋아한다.

한편으로 생각하면 차가운 것도 따뜻한 것도 다 부질없는 이야기지 싶다. 내가 진짜 사랑이라는 것을 해본 적이 있나 싶다. 돌이켜보면 나는 한 번도 누구를 먼저 좋아해본 적이 없다. 누가 좋다고 하면 좋아한 적은 더러 있다. 하지만 먼저 좋아하지는 않아도 사랑의 불씨가 다 타버릴 때까지 흔들리지 않는다.

비록 남녀를 묶는 결혼이라는 것은 못 해봤지만 후회는 없다. 지금 내 곁에는 나랑 다르면서도 비슷한 자매라는 짝꿍이 있으니까. 어릴 때는 동생이 나한테 물들어갔지만 언젠가부터 내가 동생한테 물들어가고 있다.

마음에 먹구름이 낄 때면 색연필을 쥔다.

색연필을 쥐면 아이가 된 것 같다.

가끔은 뿔난 아이가 되기도 하지만.

동생이 무서워요

물릴 수 있으니
조심하시오

나는 얼마 전까지만 해도 그림을 굉장히 잘 그린다고 생각했다. 집안 형편만 받쳐줬어도 시인이 아닌 화가가 되지 않았을까 생각했다. 하지만 동생이랑 함께 그림을 그리면서 나의 환상은 깨지고 말았다.

내가 그런 착각을 하게 된 것은 순전히 어린 시절 선생님들의 칭찬 때문이었다.

"아주 잘 그렸어."

"멋지네."

"보통 솜씨가 아니야."

특히 5학년 담임선생님은 미술을 전공한 분이라 수업 때 그림을 많이 그리게 했다. 선생님은 쉬는 시간이면 우리 반을 찾는 다른 반 선생님들 앞에서도 내 그림을 칭찬했다. 상상력이 뛰어나고 색감이 좋고 선이 시원스럽고…….

그러다 보니 나의 자신감은 중학교 미술 시간에도 이어졌다. 크로키를 그리는데 내 옆을 지나가던 미술 선생님이 멈춰 서며 말했다.

"바로 이거야."

선생님은 내 그림을 집어 들어 아이들한테 보여주며

표현력도 좋고 구도며 선도 과감해서 좋다고 이야기했다. 그러더니 흥분한 듯 본인을 모델로 그려보라고까지 했다. 크로키 화법이 그렇듯 나는 재빨리 선생님의 모습을 그려나갔다. 선생님은 수업이 끝난 뒤 나를 교무실까지 데려가서는 어느 미술학원에 다니느냐고 물었다.

"미술학원에 가본 적 없는데요."

그 말에 선생님은 또 한 번 놀랐고, 미대를 준비해볼 생각이 없느냐, 집에 가서 상의해봐라 등등의 이야기를 덧붙였다. 나는 거절도 수긍도 못 하는 어정쩡한 상태로 돌아가야만 했다.

당시 나는 현실적인 사람이라 내가 예술가, 특히 화가가 될 수 있다는 생각은 손톱만큼도 하지 않았고 미련도 없었다. 그러니 칭찬은 마음속에 묻어두고 그저 나는 미술을 잘하는 사람이라는 생각만 가지고 살았다.

그러다 도서관에서 동생이랑 '걱정 먹는 우체통' 프로젝트를 진행할 때였다. 어린이들의 걱정 편지를 읽고 답장을 쓸 때 아기자기한 그림을 함께 그려 넣기로 했다. 동생은 잘할 수 있을까 걱정했고 나는 까짓것 그림쯤이야 하며 자신만만해했다. 하지만 이삼십 년 만에 색연필을 쥐고 그림을 그리려니 무엇을 그려야 할지, 어떻게 그려야 할지 막막했다. 망설이고 머뭇거리고.

표현이 과감하다는 칭찬은 어느새 과하다로 탈바꿈했다. 어린 시절에 그림을 진짜 잘 그렸던 게 아니라 아이치고는 거침없이 그려나가니 잘 그리는 것처럼 보였던 건지 모른다. 당시 또래 친구들은 망치는 게 두려워서 스케치도 채색도 무지 조심스럽게 했다. 그것은 어린 동생도 마찬가지였다. 그런 모습이 답답해서 동생이 미술 숙제를 할 때면 으스대며 대신 그림을 그려주었으니까.

그런데 이게 어떻게 된 일인지. 동생이나 나나 학교 졸업한 뒤 색연필도 붓도 잡아보지 않은 건 똑같은데 동생은 나와 달리 머릿속에 있는 것을 그림으로 꼬물꼬물 아기자기 표현해냈다. 동생 그림을 보면 마치 그림이 움직이고 말을 걸어올 듯 살아 있는 느낌이었다. 그림 속에 담은 이야기가 따뜻했다. 아, 우리 집에 복병이 숨어 있었다니! 그런 줄도 모르고 어쩌다 엉터리 그림 실력으로 잘난 체까지 하며 동생 숙제를 해주었던 건지. 손이 굳어 잘 못 그린다는 이야기는 꺼내지도 못하고, 왕년에 미술 좀 했다는 말은 더더욱 할 수 없게 되었다.

예전에 내가 동생 숙제를 대신 해주었던 것처럼 나는 편지를 쓸 때마다 동생한테 그림 하나만 그려달라고 사정하는 처지가 되었다. 처음부터 그림을 잘 그린다고 큰소리치지 않았다면 동생도 군소리 없이 부탁을 들어주었을 텐데. 아, 시간을 거꾸로 돌릴 수도 없고. 가끔은 칭찬도 독이 될 수 있다는 것을 알았다. 아니, 자만심은 독이 된다는 사실을 뼈저리게 깨달았다.

짝퉁 미용사 '가위손 응'

→ 바가지

→ 보자기

응 미용실
필수도구

글이 잘 안 써지면 앞머리가 갑갑하다.

가장 가까운 응 미용실로 가서

바짝 깎아달라고 했다.

바가지머리 응 미용사는

자신만만 보자기를 씌우고는

싹둑싹둑 사각사각 가위질을 해댔다.

눈을 떠보니……

내 앞머리는 삐뚤빼뚤 바가지가 되어 있었다.

하나뿐인 단골손님이 떠난 뒤

응 미용실은 폐업하고 말았다.

나는 어릴 때부터 사람들 머리를 매만져주는 걸 좋아했다. 특히 헤어드라이기와 고데기로 머리를 세팅해주는 걸 잘했다. 미용실에 가면 미용사들이 손님들 머리를 어떻게 하는지 유심히 보았다가 언니들이나 친구들이 특별한 날을 맞이하면 자청해서 머리를 손질해주었다. 방황하는 친구들을 위해서는 맥주와 과산화수소 같은 B급 재료로 머리를 물들여주기도 하고 스트레이트파마 약을 사서 곱슬머리를 펴주기도 했다. 그중에서도 동생은 나의 단골손님이었다. 엄밀히 말하면 단골손님이자 연습 상대였다. 파마머리일 때는 드라이를 해서 쭉쭉 펴주고 생머리일 때는 고데기로 머리카락 끝을 돌돌 말아 버섯머리를 해주었다. 어린 동생은 내가 머리 모양을 이렇게저렇게 바꿔주는 걸 좋아했다.

　하지만 이제는 남의 머리는 물론이고 내 머리 손질도 잘 하지 않는다. 머리 감는 것도 귀찮아 떡진머리로 며칠을 버틸 때도 있다. 그런 나를 보며 동생은 동화 속 우스꽝스러운 캐릭터로 만들어내지만 (그리고 콧방귀를 뀌겠지만) 내가 머리를 날마다 안 감는 건 환경오염을 생각하기 때문이다. 양치도 아침저녁 두 번만 한다. 아토피, 한포진, 습진, 건선, 태선 따위의 피부 질환이 하나씩 생기면서 너무 많이 자주 씻는 것도 문제라는 걸 알았다. 나는 손을 하루에도 열두 번은 더 씻었다. 장소를 옮기면 가장 먼저 하는 게 손을 씻는 일이었다. 목욕을 좋아해서 쉬는 날에도 여행을 가서도 사우나며 온천을 즐겼다. 그러면서 샴푸니 비누 같은 세제를 많이 쓰게 되었다. 지구가 오염되듯 내 피부도 오염되고 있었던 것이다. 좀 덜 씻는 것은 내 피부도 아끼고 물도 절약하고 환경도 생각하고 그야말로 일석삼조인 셈이다.

얼마 전 동생이 미용실에 가는 게 귀찮았는지 나한테 앞머리를 잘라달라고 했다. 오랜만에 손님이 찾아오니 반갑기도 하고 설레기도 했다. 보자기를 씌우고 가장 잘 드는 가위를 골라 들고 집게손가락을 만들어 머리카락을 잡고 잘랐다.

"다 됐어?"

"아직 안 됐어. 눈 뜨지 마. 머리카락 들어가면 큰일 나."

손이 굳은 건지 근시에 난시에 약시와 원시까지 와서 눈이 나빠진 건지 도통 옛 솜씨가 나오지 않았다.

"가위가 잘 안 드네. 자꾸 삐뚤어지고."

왼쪽이 길어 조금 더 잘라내면 오른쪽이 길고, 그래서 오른쪽을 조금 더 잘라내면 왼쪽이 길고. 내가 자꾸 이쪽저쪽을 번갈아 잘라내자 동생은 계속 눈 꽉 감으라는 '언니 말'을 무시하고 거울을 봤다. 그러고는 자기가 미쳤다나 뭐라나. 다시는 자기 머리를 자를 생각도 하지 말라나 뭐라나. 손해배상 청구를 하겠다나 뭐라나. 제 발로 찾아온 손님은 머리가 마음에 안 들자 억지소리를 마구 퍼부었다. 손님의 화를 가라앉히기 위해 미용값을 받기는커녕 오천 원이라는 거금을 들여 합의를 봐야 했다.

아무래도 이제 나는 그냥 동생의 뮤즈로만 남아야 할 듯싶다.

가위는 응

싹둑싹둑 빗

곳간 열쇠

우리 곳간 열쇠는 언니가 쥐고 있다.

큰며느리한테도 여간해선 내놓지 않는다는 곳간 열쇠.

호랑이 시어머니, 아니 호랑이띠 언니는

곳간 열쇠를 쥔 덕분인지 큰소리칠 때가 많다.

그러다 몸이 아플 때는 힘없이 말한다.

"이제 젊은 여자한테 곳간 열쇠를 넘겨야겠어."

언니가 더 큰소리쳐도 좋으니 늙지 않으면 좋겠다.

나는 셈을 잘하는 아이였다. 산수, 수학 시험은 백 점이거나 아깝게 한두 개 정도 틀렸다. 고등학교 일 학년 때 주산 3급, 2급, 1급을 동시에 응시해서 한꺼번에 자격증을 따기도 했는데, 주판을 쓰지 않고 모두 머리로 풀었다. 자격증을 따야겠다는 욕심보다 1급을 따면 주산 시간에 책을 읽거나 뜨개질을 해도 선생님이 나무라지 않았기 때문이다. 고등학교를 졸업할 때까지 1급을 따는 경우가 별로 없다 보니 자격증을 먼저 딴 학생한테는 특혜를 준 셈이다.

　　이십 대까지도 가족들 (형부들 포함) 주민등록번호와 같은 쓸데없는 숫자까지 한번 보면 저절로 외워졌고 거리나 속도 계산 능력도 뛰어났다. 그러니 묻지도 따지지도 않고 수입과 지출을 챙기는 일은 내 몫이었다. 동생이랑 둘이 꾸리는 살림이라서 뭐 그리 대단하거나 어려운 일은 아니지만 보험료, 통신료, 세금 등이 밀리지 않게 신경 써야 하고 무엇보다 살림에 구멍이 나지 않으려면 신용카드를 잘 관리해야 했다.

　　곳간 열쇠를 쥐었으니 경제권도 결정권도 내 손안에 있었다. 그러다 보니 장을 볼 때도 동생은 이거 사도 되는지 저거 사도 되는지 나한테 꼭 확인을 받는다. 대신 통장 관리든 세금 납부든 전혀 신경을 쓰지 않는다. 이제는 지갑도 거추장스럽다며 하나로 합쳐 나한테 떠맡겼다.

이십여 년 동안 숫자보다는 글자를 다루는 일을 해서일까. 셈을 할 필요조차 없는 일을 하며 살아서일까. 언젠가부터 나는 계산기가 없으면 더하기 빼기도 잘 못하고 내 전화번호와 차 번호도 깜빡깜빡한다. 그뿐만이 아니다. 달력과 메모장에 적어놓지 않으면 세금이나 카드대금 내는 날짜도 그냥 지나치고 만다. 그럴 때면 이빨 빠진 호랑이가 된 것만 같고, 살림이고 경제고 모두 귀찮아진다. 그리고 우리 집 젊은 여자한테 곳간 열쇠를 넘겨줄 때가 지났다는 것을 깨닫는다.

작은 집

응유의 첫 작업실 이름을 '작은 집'으로 지었다.

우리 골목에는 또 다른 작은 집들이 옹기종기 붙어 있다.

앞집 생선 굽는 냄새가 정겹다.

빼꼼 얼굴 내민 흰둥이를 만나기도 한다.

냥이들이 해바라기를 하다 꾸벅꾸벅 졸기도 한다.

작은 골목 작은 집에서 우리는 오늘도 작은 꿈을 꾼다.

나는 서울에서 태어나 삼십여 년을 살았다. 그 뒤 한적한 곳에서 살고 싶어 동생이랑 경기도 파주로 이사를 했다. 파주에 신도시가 막 들어설 때였는데, 십여 년이 지난 지금은 아파트 단지도 수십 개 생기고 전철도 오가고 영화관도 생기고 대형마트들도 들어왔다.

이제 파주는 없는 것 빼고 다 있는 곳이 되었다. 집 앞에 호수공원도 있고 산책길도 많지만 아파트 안에서 작업도 하고 생활도 하려니 답답했다. 그래서 기회만 되면 지역 곳곳을 다녔다. 굳이 시간을 내지 않아도 차를 타고 다니지 않아도 산과 바다를 걸어갈 수 있는 곳이 좋았다. 산에 오르면 저절로 땀이 나고 머리가 맑아졌다. 바다에 나가면 답답한 가슴도 뻥 뚫리고 마음이 넓어졌다.

나랑 동생은 제주, 여수, 부산 등을 다니며 잠시 지내도 보고 여행객으로 머무르기도 했다. 그러다 아무래도 파주에서 이사하기에는 너무 먼가 싶어 하루는 양평쯤을 생각하고 또 하루는 좀 더 나가 봉평쯤을 생각했다. 그러다 얼마 전 속초에 최종 점을 찍었다.

우리는 속초 바닷가를 거닐던 어느 날 재미난 마을을

만났다. 신도시에서는 만날 수 없는 이색 풍경이 마치 몇십 년 전 어린 시절로 시계를 돌려놓은 것만 같았다. 그곳에 운 좋게 작업실로 쓸 작은 집도 구했다. 우리의 첫 작업실이 생기는 순간이었다.

작은 집 골목에는 스무 집쯤이 있는데 대부분 나보다 언니다. 1968년 난데없는 해일로 두어 달 만에 급히 지은 집들이다. 집 앞 골목은 겨우 사람 하나 자전거 한 대가 지날 만큼 좁다. 가끔 오토바이 지나는 소리가 들리는데, 그럴 때면 골목 어느 집에 가스가 떨어졌단 뜻이다. 그렇다고 골목 안이 왁자지껄하지는 않다. 빈집이 많고 주로 어르신들만 계시기 때문이다. 여름 낮이면 할머니들이 그늘진 골목에 나와 담벼락에 기대앉아 계시기도 한다. 우리는 골목의 평화를 깨지 않으려는 듯 골목을 들어설 때마다 목소리도 가만가만 발소리도 사뿐사뿐 낸다. 그러다 잠시 멈칫한다.

'옛날에는 왁자지껄한 풍경이 골목의 평화였을 텐데……'

그 옛날을 생각하며 오늘도 우리는 시간 여행을 떠나기 위해 작은 집 골목 속으로 들어선다.

손님, 얼마치요?

오십 원어치요!

요 몇 해 '응 물력거'가 휴업 상태였다.
플룸라이드보다 더 스릴 만점인 물력거.
아무나 탈 수 없는 유 전용 물력거.

이제는 신기방기 '유 물력거'를 개업해서
늙고 힘없는 응 손님을 끌어줘야겠다.

제주도에서 지낼 때 일이다. 장마가 그친 뒤 여름 내내 비가 오지 않았다. 연일 40도 가까운 기온에 땡볕에 바람 한 점 불지 않았다. 그러니 그 좋은 올레길도 아무 소용이 없었다. 우리는 도서관 강의가 없는 날이면 함덕해수욕장을 찾았다. 수심이 깊지 않고 파도가 세지 않아 하루 종일 물장구를 치며 놀기에 좋았다. 며칠 여유가 되는 날에는 배를 타고 우도로 들어갔다. 우도 바람 앞에서는 에어컨이나 선풍기는 찬밥 신세였다.

우리는 노란 튜브를 하나 사서 날마다 물놀이를 했다. 나는 물력거꾼이 되고 동생은 손님이 되었다.

"손님, 어디로 모실까요?"

"제주 바다 한 바퀴 돌고 옵시다요."

동생이 어린아이처럼 즐거워하는 모습이 보기 좋았다. 파도가 조금이라도 출렁이는 날이면 '응 물력거'는 놀이기구가 되었다.

"손님, 얼마치 태워드릴까요?"

"오십 원어치요."

"네, 출발합니다."

나는 튜브 밧줄을 꼭 쥐었고 동생은 튜브를 타고 파도타기를 즐겼다. 나의 삼십 대 마지막 여름도 그렇게 지나가고 있었다.

엄마가 나를 서른일곱에 낳고 마흔아홉에 떠나셨으니 나는 사십 대 엄마만을 기억한다. 지금 나는 엄마의 나이를 살고 있다. 딸들 중에 특히 엄마를 많이 닮은 나. 거울을 볼 때면 수없이 보고 싶었던 엄마가 있다.

엄마도 사십 대가 힘들었던 걸까. 나는 마흔 길에 들어선 뒤 많이 아팠다. 나의 마흔앓이는 독하고 오래갔다. 그러니 물력거 놀이는커녕 동생이랑 바다를 찾을 수도 없었다.

그해 여름을 그리워하며, 힘차게 끌어주었던 물력거에 대한 추억을 떠올리며 바닷가 작은 집으로 이사도 왔으니, 다음 여름에는 기운을 내서 응 물력거를 꼭 개업하고 싶다. 언제나 내가 오기만을 기다려주는 손님이 있으니까.

지금껏 우리가 함께 걸었던 걸음을 다 합치면
(거짓말 쪼끔 보태서) 지구 한 바퀴쯤 될 거다.
나의 평발은 어느새 언니의 칼발만큼 빨라졌다.
어느 날은 마사이족이 되어
아프리카까지 걸을지도 모른다.
또 어느 날은 알래스카까지 걸어가
눈사람을 만들지도 모른다.
언니는 내 손 잡고 나는 언니 손 잡고.

나는 달리기를 정말 못한다. 오래달리기는 한 번도 완주해본 적이 없고, 100미터 달리기는 고등학교 때도 25초가 넘었다. 하지만 걷는 데는 누구보다 자신 있다. 바쁠 때만 아니면 왕복 7킬로미터쯤은 걸어 다닌다.

　걸으며 생각한다.

　직장도 한곳을 그다지 오래 다니지 못했고, 무슨 일이든 부리나케 달려들지 못했다. 그래도 먹고사는 것과 관계없이 시작한 시 쓰는 일은 오래 붙잡고 있다. 그저 천천히 걷듯 해나가고 있다. 그렇게 오랜 시간 걷기라도 할 수 있다면.

　또 걸으며 생각한다.

　어린 시절 교회를 다녀오는데 마라톤 대회가 열려 버스가 끊긴 적이 있었다. 동생 손을 잡고 여의도에서 마포대교를 건너 공덕동까지 걸어와야 했다. 버스를 타고 지났던 마포대교는 짧게만 느껴졌는데 아홉 살 동생을 데리고 뜨거운 땡볕을 맞으며 걸었던 마포대교는 너무나도 길었다.

　그로부터 나랑 동생은 삼십 년을 넘게 함께 걷고 있

다. 마포대교를 수만 번 오갈 만큼 길고 긴 길을 걸었다. 이쯤 되면 자매지만 여느 부부만큼 함께 시간을 보낸 셈이다. 그리고 또 함께 시간을 보내게 될 것이다. 그동안 깜깜한 길도 가야 했고 살얼음판을 걷기도 했다. 내리막길을 가기도 하고 오르막길을 가기도 했다. 그때마다 우리는 서로의 손을 놓지 않았다. 힘들 때는 짐을 나눠 들며 앞으로 나아갔다. 끝이 어딘지 알 수 없는 길을 향해 우리는 오늘도 걷고 또 걷는다.

엄마 아빠는 집에 온 손님을 그냥 보내지 않았습니다.

어른 손님이든 어린 손님이든

우리 집에 들어서는 사람한테는 꼭 물었습니다.

"진지 잡수셨습니까?"

"식사하셨소?"

"밥은?"

엄마는 이른 시간이든 늦은 시간이든

밥때를 놓친 손님을 위해 밥상을 차렸습니다.

밥을 먹었다고 하면 미숫가루라도 타서 내놓았습니다.

닭을 잡아 육개장이라도 한 솥 끓이는 날에는

굴다리 판잣집에 사는 점순이네 아주머니를 불러

한 냄비 퍼담아 건넸습니다.

그런 날이면 점순이네 아주머니는

우리 집 마루에 한동안 앉아

하소연도 하고 동네방네 이야기도 늘어놓았습니다.

그럼 아빠는 하던 일을 밀어놓고

"암, 그라제." "속상했겠어." "아이고, 어찌야쓰까." 하며
귀 기울여 듣고 고개를 끄덕이고 맞장구를 쳤습니다.
나는 그런 엄마 아빠가 좋았습니다.

엄마 아빠와 살았던 날보다 살지 못한 날이 많았지만
나는 누군가를 위해 밥상을 차리는 걸 좋아하고
동생은 이야기를 들으며 맞장구치는 걸 좋아합니다.
우리의 이야기를 들어준 당신과
따뜻한 밥 한 끼를 나누고 싶습니다.
그리고 이제는 당신의 이야기를 듣고 싶습니다.

작은 집에서
언니 김응

아직도 같이 삽니다

첫 번째 찍은 날 | 2018년 9월 6일

글쓴이 김응 · 김유 | 그린이 김유
펴낸이 이명회 | 펴낸곳 도서출판 이후 | 편집 김은주

표지 및 본문 디자인 | (주)끄레 어소시에이츠

글 ⓒ 김응, 김유, 2018
그림 ⓒ 김유, 2018

등록 | 1998. 2. 18.(제13-828호)
주소 | 10449 경기도 고양시 일산동구 호수로 358-25(동문타워 Ⅱ) 1004호
전화 | (대표) 031-908-5588 (편집) 031-908-1357 팩스 02-6020-9500
블로그 | blog.naver.com/dolphinbook
페이스북 | facebook.com/smilingdolphinbook

ISBN | 978-89-97715-61-9 03800

이 도서의 국립중앙도서관 출판시도서목록(CIP)은
e-CIP 홈페이지(http://www.nl.go.kr/cip.php)에서 이용하실 수 있습니다.
(CIP 제어번호: CIP 2018025436)

꽃의 걸음걸이로, 어린이와 함께 자라는 웃는돌고래
웃는돌고래 는 〈도서출판 이후〉의 어린이책 전문 브랜드입니다.
어린이의 마음을 살찌우고, 생각의 힘을 키우는 책들을 펴냅니다.